新 潮 文 庫

世界でいちばん
透きとおった物語

杉 井 光 著

版

11757

すべてさびしさと悲傷とを焚いて
ひとは透明な軌道をすすむ
ラリックス　ラリックス　いよいよ青く
雲はますます縮れてひかり
わたくしはかつきりみちをまがる
『小岩井農場』宮沢賢治

世界でいちばん透きとおった物語

第1章

「──推理小説にたとえるなら、編集者は数多くの証拠を集めてひとつの形にまとめあげる探偵。校正者はその証拠をすべて吟味して裁判に完璧を期する検察官、というところでしょうか」──と、いつぞや霧子さんは教えてくれた。彼女自身が文芸編集者で重度のミステリ好きなので、僕のふとした質問にもこんな凝った答えが返ってくるのだ。

「……そのたとえからすると、作家は何なんですか」

「犯人ですね」平然とした顔で霧子さんは言った。冗談か本気かよくわからなかった。

「霧子さん、前に、作家と編集者はパートナーだって言ってませんでしたっけ……？」

「はい。推理小説においては犯人と探偵は共同作業で物語を形作っているといえます」

かろうじて、納得できなくもない。

しかし、編集や校正がどういう仕事なのかを軽い気持ちで訊いただけだったので、できれば普通に答えてほしかった。

「その話に従うと、僕は霧子さんに糾弾される立場ってことになっちゃいますけれど」

「そうですね。作家をしめきりで追い詰めるのも編集者の仕事です」

真面目ぶって言うのだから反応に困ってしまう。

犯罪捜査なみに僕のことを常時真剣に考えてくれているのだ──と、最大限好意的に解釈することにした。

思えば長い付き合いなのに、この深町霧子という人物のことは未だに理解できない。

彼女とはじめて逢ったのは、僕が高二のときだった。母と仕事の打ち合わせをするため我が家に来たのだ。

僕の母はフリーランスの校正者で、霧子さんは発注元のS社に勤める編集者だった。

「ごめんね燈真（とうま）くん、うちでやるのが話が早くて」

謝る母と、名刺を差し出してくる霧子さんを、困惑して見比べる。

「お邪魔いたします、燈真さん。資料が揃っているこちらのお宅で打ち合わせするのが便利だということになりまして」

新卒一年目なのだ、と母に教えられて驚く。たしかに若いけれど、なんというか——異様なまでの風格と気品があった。

「新卒でいきなり文芸に配属ってS社だと異例中の異例なんだって。すごいでしょう」

母はまるで我が事のように自慢げに言う。霧子さんはくすぐったそうにはにかんだ。

パンツスーツの似合う、折り目正しく隙のない才媛——という第一印象に違わぬ人ではあったけれど、それは彼女の一面に過ぎなかった。

「面接で正直に言ったんです。S社に入れるならなんでもいいわけではなく、とにかく文芸書の編集をしたい、他の部署に配属されたら即退社して他の出版社を探す、って。落とされるかと思っていたら内定が出て。社長の一存だったとか。とても幸運でした」

こんなことを平然と言うのだ。ブレーキだけついていない高級車みたいな人だった。

それから霧子さんはしょっちゅう我が家に来るようになった。S社から徒歩で10分ほどの近さなので、編集者と校正者だけの打ち合わせならば霧子さんが出向いてきてくれるのがいちばん効率的なのだ。母には謝られたけれど、僕にとってもありがたかった。霧子さんと話す機会が増えて、それなりに親しくなれたからだ。打ち合わせが長引いた日などは、そのまま三人で夕食にすることもあった。

まるで人付き合いのなかった母にとって、霧子さんは唯一人の、近しい人間だった。といっても、友人とはいいがたかった。歳は倍くらい離れていたし、ほとんど仕事の話しかしなかった。合間の雑談も本の話題ばかりで、仕事の話と区別がつかなかった。あくまで編集者と校正者、だった。

霧子さんが僕ら親子を下の名前で呼んでいたのも、親しみからというより苗字呼びではまぎらわしかったからだろう。

母が霧子さんと下の名前で呼んでいたのも、おそらくは相手に合わせただけだった。二人の不思議な関係を表す言葉を、僕は一つとして思いつけない。

お互いプライベートな話はまったくしなかった。

だから今でも判然としない。この頃の霧子さんは、我が家の複雑な事情をどれくらい知っていたのだろう。

最初から全部知っていて、おくびにも出さなかったのかもしれない。そういう人だ。

僕の父親は、宮内彰吾（みやうちしょうご）という有名なベストセラー推理作家だった。といっても、一度も逢ったことはない。

不倫の末に産まれた子供だからだ。母がまだ大学を出たばかり、二十代の頃の話だ。

二人は出版社主催のパーティで出逢ったという。

もともと母は宮内彰吾の大ファンだったので、話も大いに弾んだ。

宮内の方は妻子持ちだったけど、甘いマスクと手の早さで知られるプレイボーイで、二人はすぐに男女の関係となる。

避妊をしなかったのか失敗したのかはさすがに母にも訊けなかったが、とにかく——何年目かに、子供ができてしまう。

「わたしひとりで育てます。先生に迷惑は絶対にかけませんから。お金も要りません」

堕胎の提案を拒んだときのこのせりふは、母がなぜかはっきりと僕に教えてくれた。

僕としては正直なところ、養育費くらい受け取ってほしかった。生活は苦しいとまではいわないけど、金なんてあればあるだけいいから。

《愛人》にはなりたくなかった、のだろうか。金銭を介さない純粋な恋愛関係にあったということにしたかったのだろうか？　実の母親のこういう面を掘り返すのはひどく気持ち悪かったけれど、考えまいとしてもあれこれ思い浮かべてしまうのが人の性分だ。

ともかく母は宮内彰吾と別れ、仕事もフリーランスにし、僕をひとりで育て始めた。

頼れる親族もなく、天涯孤独といっていい人だった。もっとずっと後になって霧子さんと知り合うまでは知人友人も一人もおらず、どこにも遊びにいかず、家にこもってばかりで、仕事でゲラ刷りの小説を読む合間に趣味で書籍の小説を読む、みたいな生活だった。小学生になった僕が料理や洗濯を覚えて、少しずつ家事を担当するようになっても、そのぶん母は読書の時間を増やしただけだった。

思えば、あの人が嘆いたり怒ったりつらそうにしたりしているのを見たことがない。さすがにこれは、僕の無意識な記憶改竄じゃないだろうか。もういなくなってしまった人だから、綺麗な記憶だけ残して汚れた部分は棄ててしまったんじゃないだろうか？　微笑み顔しか思い出せないなんて。

僕もまた友達を作らず、遊び歩いたりもせず、部活動もせず、学校が終わったらまっすぐに家に帰って家事をやった。

なんというか、母よりも大事なものを他に作ってしまったら母に悪い気がしたのだ。僕にはもう母しかいなかったし、母にもたぶん僕しかいなかった。

本の山の中に身を潜め、静かに二人で暮らした。

小説の趣味は全然かぶらなかった。母は推理物と歴史・時代小説、子供の僕が熱中したのはファンタジー。

二人とも本の虫だけれど守備範囲が重ならない、というのは程よい親子関係だった。

相手の趣味ではない本を薦め合い、面白さがわからないと文句を言われ、解説する、そんな適度な距離感。

家事分担の他にはなにも求めない。余計な干渉もしない。といって、無視もしない。

僕ら親子はそれなりにうまくいっていたと思う。

幸せだったか――と訊かれると、はっきりそうとは答えられない。

僕にとっては何の不満もない生活だった。母が幸せそうだったなら僕も幸せでしたと胸を張って言えたかもしれない。

けれど、母が僕に淡い笑みを向けてくるとき、いつも僕はわけもなく哀しくなった。

無理に笑っている――のではない。

『泣き顔と笑い顔を入れ替えられてしまった人』みたいに見えるのだ。たぶん神様に。

といって、子供だった僕になにができたわけでもない。自分のことで手一杯だった。

おまけに僕は10歳のときにかなり重い病気にかかり、検査漬けの入院生活の末にかなり難しい脳外科手術を受けなければいけなくなった。

「光線力学的療法、まあ要するにレーザー光線ですね、これを使った新しい治療法なんですが」と医者は説明してくれたけれど、僕にはよくわからなかった。隣で聞いていた母も理解できていたかどうかあやしい。同意書にサインするまでにだいぶ悩んでいた。

手術はうまくいったけれど、後遺症でしばらく目が完全に見えなくなってしまった。

施術箇所の近くに視神経が通っていたせいだろう、重篤なものではなくじきに戻る、と医者は言った。でも僕は、この先もずっと見えないままだったらどうしよう、と不安のどん底にいた。この時期がいちばん母に迷惑をかけていたと思う。母は病室で僕につきっきりになり、食事や排泄の世話をし、慰めと励ましを口にした。本も何冊も読み聞かせてくれた。仕事も病室でやっていたようだった。

二週間ほどたって、ようやく目が見えるようになってきた。ぼんやりと、少しずつ。僕よりも母の喜びようがたいへんなものだった。僕の頬を両手で包んで、よかった、よかった、と呟いて涙を浮かべた。泣くときでさえ、いつもの微笑みを浮かべていた。

嬉しい時にしか泣けない人なのだ。

だから哀しい時にしか笑えないのだ。本当に申し訳なくなった。僕という重荷がなければもっと楽に生きられるのに。

結局後遺症は残ってしまった。本を読んでいると目がちかちかしてつらくなるのだ。日常生活では、さほど支障はなかった。読書のときに困るだけだ。

でも、読書は僕の人生のほとんどすべてだった。

本が読めないなんて死ねと言われたのと同じだった。必死にあれこれ試した。眼鏡、目薬、マッサージ……。

不思議なことに、ＰＣやスマホの画面で文字を読んでも目の負担にはならなかった。

電子書籍を試してみると、問題なく読める。紙の本の方がずっと好きだったけど、背に腹は代えられない。

そこで母は僕のお気に入りの本をかたっぱしから電子書籍でも買いそろえてくれた。さすがにお金が勿体ない。そこまでしなくても。

読みたい本を読むためなのだから無駄遣いではない、と母は言う。

金銭的にも肉体的にも精神的にも負担をかけっぱなしなのが心苦しくなってきて、僕は母の仕事を手伝うことにした。

校正・校閲は要するにチェック作業だから、何重にやっても無駄ということはない。

ゲラは不思議と、苦痛なく読めた。

『読む』というより『眺める』だからかもしれない。誤字脱字衍字も何度も見つけた。

早く大人になって、働いて家に金を入れて母に楽をさせたい――と子供心に思った。

高校には行かせてもらえた。大学も国公立なら学費は出せるよ、といわれたけれど、受験もせず卒業と同時に書店でアルバイトを始めた。

「お金のことなら全然なんとかなるよ。燈真くんが心配するようなことじゃないから」

「いや、そういうつもりじゃなくて。とくに大学行って勉強したいこともないし、本屋は好きだし」と僕は正直に答えた。本に関わる仕事であればわりとなんでもよかった。

自分が将来どんな大人になるのかさっぱりわからないまま、僕は18歳の冬を迎えた。

二月上旬の、冷え込んだ雨の日だった。バイトの時間が終わり、書店のバックルームに戻るとスマホに見知らぬ番号から着信履歴があった。留守電の録音を聞いてみると警察官を名乗る男からのメッセージが吹き込まれていた。藤阪恵美(ふじさかめぐみ)さんのご家族のお電話でしょうか。今日の午後四時頃、恵美さんが自転車で——区の路上を走行していたところトラックに……至急——病院まで来てください……

退勤処理もせずにそのまま店を飛び出した。傘も忘れて、ずぶ濡れで電車に乗った。病院の地下で母と対面した。遺体はきれいなものだった。轢かれたというか、跳ね飛ばされて地面に叩きつけられた時に傘の骨が運悪く致命的なところに刺さったらしい。

はい。僕の母です。藤阪恵美です。

自分でも気味が悪いくらいはっきり警察官に答えた。でも、廊下に連れ出された途端へたり込んで、動けなくなった。

建物の中なのに、雨が降りしきって床がどんどん冷水で浸されていくように感じた。警察官や看護師が代わる代わるやってきて、僕に何か言ってきた。言葉はみんな、僕の意識の表面を滑っていった。

どれくらいたった頃だろう、僕の肩に手が置かれた。顔を上げるとスーツ姿の若い女性。霧子さんだった。

燈真さん。風邪を引きますよ。まず家に帰りましょう。お風呂に入って寝ましょう。

その後のことは、実はあまり記憶にない。大変なところをほとんどみんな霧子さんがやってくれたからだ。

悪質性もない事故なので、ローカルニュースにて小さく取り上げられただけだった。被害者の名前は出さないように新聞社に頼んだ。

葬式は出さなかった。葬式に呼ぶような親類も知人もいなかった。

霧子さんが紹介してくれた保科先生という弁護士が、裁判や保険や慰謝料受け取りといった手続きを手伝ってくれた。

マンションのローンを保険金と慰謝料で完済しても、口座にはまだいくらか残った。

遺骨は代行業者に散骨を委託した。

『交通事故遺族ネットワーク』なる自助支援団体も紹介されて、支援者とも面談した。カウンセリングとか定期交流会とかも勧められたけど、気が進まなくて全部断った。

僕の母の死は、いくつもの厄介ごとに分解されて、ひとつひとつ現実に置き換えられていった。何通かの文書、電話番号、そして現金に。

「藤阪さんは成人されてますので受けられる支援の選択肢が少なくなってしまうのですが、たとえば今からでも大学に入りたいとかであれば――」と保科先生は親身になって色々提案してくれた。でも僕としては18歳になっててよかった、としか思えなかった。

「大丈夫ですよ。マンションのローンも終わったし、バイトで独り暮らしできますよ」

里親に預けられるとか施設に入れられるとかはまっぴらだった。とにかくひとりになりたかった。ひとりにとっては広すぎる2LDKで、僕は母のいない生活を始めた。母の部屋はそのままにしてあった。母の痕跡を残しておきたい、みたいな理由では全然なくて、ただ面倒だったからだ。几帳面な人だったので整理整頓はされていて、通帳とか契約書とか必要なものはそのつど簡単に探し出せた。

母が死んでから一度も泣けないでいる自分は頭がおかしいんじゃないか、とは思う。哀しくないわけではない――はずだった。冷たい雨にずっと打たれていて、体表は冷え切っているけど身体の芯は熱いのか凍えているのかよくわからない。そんな感覚だ。

実は僕って人でなしだったのかな。

母のことは一緒に生活していると便利だとしか考えていなかったんだろうか。いないならいないなりに生きていける。

それとも近しすぎる人間が突然死ぬとこんなふうに無感覚になるものなんだろうか。時間がたてばあるいは相応の感情もにじみ出てくるものだろうか。

無味無臭の罪悪感がいつもまとわりついていた。

もう少しわかりやすく人間らしく、悲嘆に暮れて眠れなくなったりとか拒食症になったりとかしていれば。

立派な《遺族》として、恥じることなく堂々と人前に顔をさらすことができたのに。

書店のバイトは、事故後しばらくは店側からの気遣いに甘えて休職していたけれど、三ヶ月程で復職した。

休職の事情を知っているのは店長だけで、他の店員には知らせないようにと頼んだ。とにかく、いつもどおりの生活に戻りたかった。

家に帰ってもひとりきりで、母親がいないだけ。あとは元のまま。洗濯と掃除はもともと僕の担当だった。料理も自分でやるしかないので少しずつ覚えていった。必要が人間を育てる。

そうして日々を重ねるうちに、僕は少しずつ、けれど確実に、孤独に慣れていった。生まれつきひとりだったみたいに。

『藤阪恵美』という題名の、よくわからない物語を読み終え、ふと我に返ったように。あの人は一体なんだったんだろう、とあらためて思う。実在した人間なんだろうか？あんなにも穏やかに磨り減っていってそのまま理由もなく消えてしまう人生なんて、あり得るのだろうか。みんな僕の妄想じゃないのか。

『藤阪燈真』という、よくわからない物語はまだけだるく続いていた。アルバイトと読書とゲームと映画だけの日常の繰り返しだった。砂の山を素手で掻いて少しずつ減らしていくような不毛な日々が、細っていきやがてそのまま消えるのだろうと思っていた。

でもそうはならなかった。僕の引き延ばしの人生にひびを入れたのは父の死だった。

訃報をネットのニュースで見かけたのは、母の死からちょうど二年が過ぎた二月初めのことだった。作家・宮内彰吾さん死去（61歳）という見出しを目にしても、なんの感慨も湧かなかった。意外に若かったんだな、と思ったくらいだ。五年前に胃癌が見つかり、闘病を続けていたのだという。記事に附された、還暦過ぎにしては若々しい写真を見ていると、幼い頃に母が言っていた事を思い出す。

僕が小学二年生の時だったか。宮内が有名文学賞を獲ってメディアを賑わしたのだ。

「この人が燈真くんのお父さん。すごい賞を獲ったんだって、新聞にもテレビにも出てるでしょ。すごい小説家さんなの。ほら、燈真くんとなんとなく顔も似てるでしょ？」

癪な話だけど、たしかに似ていた。

画像検索してみる。宮内は若い頃からメディアに積極的に顔を出していたので、ネットに大量の写真が出回っていた。

デビュー当時の32歳の写真は、20歳である今の僕と本当に嫌になるくらい似ている。遺伝的に僕の父であることは、こうして見ても間違いないだろう。

でも、何の意味もない。認知されてないからだ。

売れっ子だったから遺産もさぞかしすごい額だろうけど、僕は法的には赤の他人だから一銭ももらえない。

たしかDNA鑑定とかで認知をもらう方法もあったはずだけど、絶対に面倒くさい。

遺言で僕や母についてなにか書いててくれれば、黙っててもいくらか転がり込んでくるかもしれないけど。

まあいい。どうせそんなのあり得ない。産ませたっきり母も僕も放置していた男だ。感情的にも、僕にとっては全く赤の他人だった。

母が死んだときも、宮内に報せようと思いつきさえもしなかった。

母も生前いつも言っていた。先生は奥様もお子さんもいるし迷惑かけないように一切関わらないことにしている、と。

まさか自分が死んでしまったあとのことまで言っていたわけでもないだろうけれど。

霧子さんからは一応、電話が来た。

『宮内先生が亡くなったそうです。燈真さんはどうされますか。御子息なわけですし』

もし僕が葬式に出たいのであれば、出版社の方でなにかしら手配してくれるという。

「いや、出ませんよ。関係ない人ですし。向こうの家族と顔を合わせるのも嫌ですし」

『わかりました。お忙しいところ失礼いたしました』

「ありがとうございました」と僕は一応礼を言って電話を切った。お悔やみなどを言われなかったのでほっとしていた。無関係な人の死でいきなり湿っぽくなられても困る。

けれど無関係ではなかった。想像もできない形で父は僕の人生に割り込んできたのだ。

僕の兄を名乗る男から電話がきたのは、宮内彰吾の訃報から一ヶ月後のことだった。

第2章

『藤阪、ええと、燈真さん？　ですか？　松方朋晃（まつかたともあき）という者です。松方、朋泰（ともやす）――ああいや、宮内彰吾ですね、ご存じですよね。宮内彰吾の息子です。おたくの、ええまあ、つまり異母兄ってんでしょうか、わかります？　親父がこないだ亡くなったのは知ってますよね、その件で話がありまして、かなり面倒な話なんで直接話したくて、ちょっと時間つくってもらえませんかね？　今週中どうです』

いきなり電話をかけてきたその男は、僕に口を挟む隙を全く与えずにまくしたてた。

宮内彰吾の息子？　やはり遺産の話だろうか？　でも僕の電話番号はどうやって知ったんだろう。とにかく厄介な話になりそうな気配を感じた僕は、慎重に言葉を選んだ。

「相続がどうとかそういう話ですか」

『その話もありますが、本題は別件です。もっとややこしい話なんで電話じゃ話せないんだ。いつなら都合つきます？』

松方朋晃なるその男の口調がどんどん横柄になっていくので僕はいらだちを覚えた。

「今週は、はい、明日としあさってがバイト休みです。午後の方が」

『それじゃ明日、午後一時で。S社わかりますね』

S社は母がよく校閲の仕事を請けていた出版社で、霧子さんの勤め先だ。なんで出版社に呼び立てるんだ？

電話を切られた。まだ事態を呑み込めずにいると、今度は霧子さんから着信がある。

『深町です。申し訳ありません。松方朋晃さんという方から、宮内先生の件で電話がありませんでしたか？』

「はい。今さっき」と僕が答えると、霧子さんは、ああ、と沈痛そうにため息をつく。

『担当編集が、燈真さんの番号を教えてしまって』

「担当？　って、ええと？　どういうことですか。あの人も作家？」

『いえ、言葉足らずで申し訳ありません。宮内彰吾先生の、我が社での担当編集です。燈真さんの個人情報なのに……』

「つまりあの人が、藤阪燈真の連絡先を教えろって編集部にねじ込んできたんですか」

さぞかし横暴な訊き方だったろう。

『はい。お詫びのしようもありません。わたしがその場にいれば止められたんですが』

こんなに申し訳なさそうな霧子さんは初めてだった。こっちが謝りたくなってくる。

「ええと、まだ事情がよくわかっていないんですが、どういう話なのか霧子さん聞いてますか。相続の話らしいですけど、なんで出版社が」

『詳しいことはこちらも聞かされていないんです。あの朋晃さんという方は宮内先生の著作権を引き継ぐご予定なので、多分権利関係のお話かと思いますが、燈真さんがそこにどう関係するのかはわかりかねます。とにかく明日はわたしも同席いたしますので』

わけのわからない案件だったけど、霧子さんに久しぶりに逢えるのはうれしかった。

翌日の昼、僕は歩いてS社に赴いた。家から近いし、母の生前、忘れ物を届けに何度か訪れたことがあるから場所はよく知っていた。飯田橋（いいだばし）駅の脇の橋を渡り、神楽坂（かぐらざか）をずっと登っていって左折すると見えてくる濃い灰色をした煉瓦風の壁の社屋群は、ビルというよりも巨大な倉庫に見える。広いロビーに入り、受付で訪問者シートに記名して提出すると、三階の会議室に行くように、と言われる。

会議室には、すでに二人の女性が待っていた。霧子さんと、初対面の中年の女性だ。

霧子さんは明るいグレイのパンツスーツ姿。長い髪を編み込んでまとめている。もう一人の女性は四十代くらい、セーターと靴まで隠れるゆったりしたニットスカートだ。

「燈真さん、ご足労いただきまして」

そう言って霧子さんは立ち上がり、隣の女性を紹介してくれた。高梨（たかなし）さんといって宮内彰吾の担当編集だったという。

「申し訳ございません。ご兄弟なので番号を教えてもかまわないかと思ってしまって」

高梨さんは見てて哀れになるほど恐縮して何度も頭を下げてくる。

ご兄弟。血縁上は一応そういうことになるのか。

というか、昨日は疑問に思う余裕がなかったけど、そもそもなんで向こうは僕のことを知ってたんだろう？

遺言状に書いてあったか、あるいは不倫相手についてとっくに調べ上げていたのか。

「ほんとうにもうなんとお詫びをしたらいいか」高梨さんはまだ縮こまっているのでこっちが心苦しくなる。

「いえ、ほんとうに、気にしてませんから。どのみち必要な連絡だったみたいですし」

土下座までしようとするので、僕は慌てて言う。

「高梨さん。燈真さんもこうおっしゃってくれてますしそのへんで」

霧子さんも横から言い添えてくれたので、高梨さんはようやく落ち着いてくれた。椅子に腰掛けて、大きく息をつく。

「宮内先生とよく似てらっしゃるので、先生に対して粗相をしたみたいな気になって」

高梨さんは妙なことを言い出した。

「先生はそれはもう烈火の如くお怒りになる方でしたから……私もよく怒られました」

「あの、すみません、父はそんな横暴な人間だったんですか」僕は思わず訊いていた。

高梨さんのびくびくした態度がまるでしょっちゅう虐待されていたみたいに見えたからだ。彼女はぎょっとした顔になり、すぐに言った。

「いえっ、そういうわけではありません、ご立派な方でしたから」声が裏返りそうだ。

「気を遣わなくていいですよ、知らない人だし。むしろ、どれだけひどい人だったのか知っときたいです。今日の用件になにか関係してくるかもしれないし」と僕は言った。

高梨さんは目をしばたたき、隣の霧子さんの顔を窺う。やがて、小声で話し始めた。

「私も最初から先生の担当だったわけではないのですけど。私の前に担当が続けて三名退職してまして。先生の厳しさについていけないと。たとえば深夜でも必要資料がすぐ揃えられないとお怒りになる方で。取材旅行も今週行きたいと突然言われることがよくあり、予約がとれないと、とれるまで探し回れと激怒されて。いつも女性の方とご一緒でしたしお部屋もご要望を満たすところがなかなか」

それは『厳しい』などという迂遠表現で済ませていいレベルではないのではないか。

申し訳なさが高まってきて思わず謝りそうになるが、そんな筋合いはないのだった。謝るって、息子として？　血がつながっているだけなのに。謝られた方も困るだろう。

「でも先生は作家として本物でした」

いきなり語調を変えて高梨さんは言った。悪く言い過ぎたから褒め言葉も並べておこう——という感じではなかった。

「ご自分にも厳しい方で、いちばん多作だった時期にもクォリティはまったく落ちず」

だからといって厳しさを装って他人を酷使していいものだろうか。

高梨さんは肩を落とし、しゅんとしてつぶやく。

「ご病気されていなければきっと、さらなる傑作を次々と……。ほんとうに、惜しい方を亡くしました……」

変な空気になってしまった。時計を見やる。僕を呼び出したやつはまだ来ないのか？

もう五分ほどしてドアが開いた。派手な紫のジャケットを着た三十代くらいの男性が会議室に入ってくる。

まず高梨さんに目礼し、霧子さんに好色そうな目を向け、最後に僕をにらんできた。

「いやどうもすみませんね。ちょっと遅れました」

昨日の電話の声だった。松方朋晃氏は想像していたより若かった。

下まぶたのたるみとか肌の汚れとか、老け顔ではあるのだけれど、僕をねめつけてくる視線が、無遠慮で子供っぽい。

「びっくりするくらい親父にそっくりだ。これ強制認知とか言い出されたら困るなあ」

心底不愉快そうに松方はぼやいた。

「先に言っとくけどね、遺産なんてほとんどないよ。親父は金遣いが荒かったからね」

電話越しではなく直接聞く松方の声は、耳の内側にねちゃりと粘り着くようだった。

はじめましての挨拶もなく、目つきも敵意たっぷりだった。でもその敵意はどうやら僕というより死んだ父親に向けたもののようだった。

「不動産でも失敗続きだったし、唯一資産価値のあった目黒の家もずいぶん前に離婚したときに売っ払ったからね。現金がなかったからお袋への分与のためにしょうがなかったらしい。裁判起こしたいならどうぞご勝手にって感じだが、弁護士費用もかかるよ」

口調も態度も横柄で、話を円滑に進める気遣いなんてものは念頭にないようだった。

「遺言にもおたくのことは書いてなかったし、遺体も焼いちゃったから鑑定なんてできないだろうしね。あと、恵美さん、でしたっけ？　もう亡くなってるって？　証言もできないわけだし、まあでもねえ、業界じゃけっこう知ってる人多いらしいし顔そっくりだし最終的には認知出るかもしれないけどねえ、得るもの少ないですよ。それでもいいから俺から半分ぶんだくりたいなら止めませんけど」

演技かと思うくらいわかりやすく嫌味な人だった。霧子さんが眉をひそめて言った。

「松方さん、そういったお話は間違いのないように弁護士をまじえて別の機会になさった方がいいと思います。それより今日はもっと別の大切なお話があると伺っています」

松方は少し鼻白み、咳払いをした。

「いや、まあね、そうでしたね。でも、藤阪さんが一番気になってるのは相続のことだろうから先に済ませておこうと」

「裁判なんて面倒なことしませんよ。なにもしなくてももらえるならもらいますけど」

癪だったので、僕の言い方もずいぶん嫌な感じになってしまった。

しかし、やっぱり遺言には書いてなかったのか。

母のことも、僕のことも。親子関係を認めるようなことも。いや、決して期待していたわけじゃないけど。

もしそんな遺言が書かれてたとしたら、この男の嫌味も今の百倍になってただろう。

「著作権に関しては、先生はどうされるかおっしゃってましたか」と担当編集の高梨さんが心配そうに訊く。

「親父が癌告知を受けたときに、俺に任せるって書面を作ってますんで大丈夫ですよ」

「そうでしたか。では今日のお話というのは――」

話を仕切ろうと高梨さんが身を乗り出すと、松方は遮って言った。

「それがらみですよ。結局遺産でまともに金になりそうなのは親父が書いた本だけですからね。でも期待したほどじゃ」

「それは……うちも増刷はかけさせていただきますけれど、部数は営業の判断ですし」

高梨さんは首をすくめてそう言う。

「わかってます。親父もここ何年かまともに書いてませんでしたからね。しかたない」

僕も書店員なので、死人を出しにしたこの会話を薄汚い儲け主義だと責められない。有名作家の死去は拡販のチャンスなのだ。追悼コーナーを作って既刊をがっつり並べられる。うちの店でも文芸書担当が張り切っていた。

「小説なんて読まないからよく知らないが、親父はいわゆる文豪って感じじゃなくて、二時間ドラマにされるようなのばっかり書いてたんでしょう？　何十年も読み継がれるみたいなのじゃないから、死んだからってそうそう昔の本が馬鹿売れはしませんよね」

僕も宮内彰吾の本はなんとなく避けてきたが、それでもこの言い方はひどいと思う。

「いえ、宮内先生の作品はどれも時代の移ろいに耐えうるたしかな本質を持った重厚なものです！」と高梨さんが意気込んで言った。お世辞で言った感じではなかった。作家としての宮内への侮辱は看過できないのだろう。しかし哀しいかな、書店員である僕は松方朋晃の方に分があることを知っている。うちの店でも、宮内彰吾追悼コーナーに並べた既刊はここ一ヶ月、あんまり動いていないのだ。

「いや本質がどうとかは知りませんけどね。やっぱり新しい方が売れるもんでしょう」

「そのような傾向はありますけれど、宮内先生はお体を悪くされて以来ほとんど書いてらっしゃらなくて。癌とわかってからはずっと鬱いでらして、新作なんてとても――」

「新作があったとしたら、どうです」

松方の言葉に、高梨さんは口をつぐんで彼を凝視した。霧子さんも僅かに目を見開いている。松方は得意げに続ける。

「遺作となりゃ、売れそうでしょう。あるんです。正確にはあるかもしれないんです」

松方は足下に置いていた鞄から、一枚の大判茶封筒を取り出した。

「親父の遺品を整理していたら見つけたんですよ」

封筒には油性ペンの太い線で『世界でいちばん透きとおった物語』と大きく書かれていた。題名だろうか。

高梨さんは緊張しきった面持ちで封筒を受け取るが、すぐに落胆の表情に変わった。

「原稿……は、どこにあるんですか？」と高梨さんは松方に目を戻した。封筒には厚みがまったくなかった。

「さあ。わかりませんね。見つけたときから空っぽでしたよ」と松方は肩をすくめる。

それじゃ新作なんてないってことじゃないのか？

松方はちらと僕に視線を向けてくると、鼻で笑って話をつづけた。

「親父は、ご存じの通り、時代遅れにも原稿手書きでした。だから執筆前にこうやって分類用の封筒をまず作っていた」

このご時世に手書きだったのか。そうとう老齢の大御所だけだと思っていたけれど。

高梨さんはおずおずとたしかめた。

「つまり、封筒があるということは、先生が少なくとも執筆に取りかかっていた、と」

「そういうことです。もちろん親父の部屋は隅から隅まで探したが、出てこなかった」

苦々しそうな顔で松方は言って、高梨さんの手元から封筒を奪い返し、鞄に戻した。芝居がかったしぐさで両手を広げ、声を張り上げる。

「でも親父は昔からあちこちに出かけて原稿を書いててね。旅行先とか、ホテルとったりとか、あと女のところとかね。愛人宅で書き上げたって自分で嘯（うそぶ）いてたのが何冊もあるんです。それで、今日なぜ藤阪さんに来てもらったかって話になるわけなんですが」

いきなり自分に話題が向けられたので僕はひどくびっくりして椅子をがたつかせた。

「親父は女癖が悪くて浮気相手が山ほどいたが、子供まで作っちまったのは藤阪恵美だけです。そんだけ関係が深かったってことでしょう。他はホステスとかコンパニオン、作家志望の女子大生とかで、そう長くは続かないのばっかりだった。藤阪恵美とは相当長く続いてたんです。で、おたくにこの『世界でいちばん透きとおった物語』の原稿があるんじゃないですか？　心当たりありませんか？」

僕は啞然として、しばし言葉を失った。どこからどう誤解を正していけばいいのか。

「……いや、あの、僕の母は……宮内彰吾――さん、とは、もう一切関わってなかったはずで。少なくとも僕が生まれてからは。僕なんて宮内さんに逢ったこともないです」

松方は馬鹿にしたように首を振る。

「そりゃ嘘でしょう。連絡くらいはとってたはずです。おたくのお母さん、親父にちょくちょく金払ってましたからね」

「……はっ？　金？　え、いや、それ全然知りませんでしたけど？　なんでですか？」

「慰謝料じゃないですか？　親父が立て替えて、後から恵美さんが」

正妻への慰謝料。たしかに母も不倫の当事者だ。

「お母さん亡くなってんでしょう、通帳チェックすればわかったはずじゃないですか。してないんですか？」

あきれた松方が訊いてくるので僕は目を伏せた。そんな面倒なことするわけがない。

「それに恵美さん、校正者？　でしたっけ？　原稿チェックする仕事。だから親父が原稿預けてた可能性が」

「そんな話、母からはまったく聞いたこともないです。僕仕事も手伝ってましたけど」

「そりゃ息子には隠すでしょ、不倫相手なんだし」

そこで霧子さんが横から割り込んできて厳しい声で松方に訊ねた。

「現時点では想像の域を出ないように思えます。他にもなにか材料がございましたらご協力できると思うのですけれど」

さっきから僕を気遣って松方をそれとなくいさめている？　だとしたら嬉しかった。

松方は悪びれずに歯を見せて笑う。

「もちろん話はこれで終わりじゃありませんよ。だからわざわざ出版社まで来たんだ」

次に彼が取り出したのはぼろぼろのメモ帳だった。ページを開いてこちらに見せる。

年月日らしき数字に『殺意』や『復讐』といった物騒な文字、またさらに二桁か三桁の数字が列記されている。高梨さんがすぐに言った。

「先生の字ですね。執筆記録……でしょうか？　これは『殺意の臨界点』ですね、時期的にも連載していた頃にあたります。こっちは『復讐者のプライド』シリーズでしょうか、たしか同時期に新聞連載していたはずですし、枚数の刻み方がとても細かいので」

さすが担当編集だった。数字と略称だけでわかってしまうとは。松方もうなずいた。

「そうです。私生活はだらしないが執筆に関しちゃマメだったみたいで、出版とか著者校正とかの予定も書いてある。売れてた時期はスケジュール管理も大変だったんでしょうね。で、ここ見てください。五年前に『透き』ってのが初めて出てくる。執筆は飛び飛びですが枚数は順調に増えてます。最終的には、三年前に六百を超えてます。これ、本一冊分くらいの枚数にはなってるはずですよね？」

「原稿用紙枚数だとすれば、長編一冊分以上あります。ただ、完成してるかどうかは」

「完成してなくても本が出ればそれでいいでしょ。遺作なら未完でも納得してもらえるんじゃないですか？　とにかく六百枚書いたんですよ、親父は。どこかにあるんです」

高梨さんはなにか言いかけ、黙る。

松方朋晃氏の言い分は徹頭徹尾ひどいものだった。けれど、あくまでひどいだけであって、筋はいちいち通っていた。

「死んで多少話題になってる今、すぐに出さなきゃ、売れるものも売れないでしょう」

ほんとうにひどかった。スタンスが一貫していて清々しいけれど。

僕も宮内彰吾の死後の名誉はどうでもよかった。

「それでこの、三年前の『透き』のところに『校正?確認』って書いてあるんだ。六百枚あがった後のとこ」

その箇所にはたしかに『２０＊＊／６／６　透き　６２２　校正?確認』とあった。

「原稿があがって校正に出した、って意味だと思う。でも各社に確認してみてもだれも原稿なんて知らない」

「ああ――それで先生が個人的にだれかに校正を頼んだのじゃないかと」と高梨さん。

「そう。で、愛人に校正者がいたのを思い出した」

松方の目が僕に移される。僕はため息をついてメモ帳に目をやる。

「ということで、藤阪さん、お宅を探してもらえないかな。お母さんが親父から原稿を預かってる線が一番有力なんだ」

「校正頼まれたなら終わった後で返すでしょう。うちにあるわけないと思いますけど」

僕は不機嫌をあらわにして答えた。

「なにか返せない理由ができたのかもしれないし。探してみるくらい別にいいだろう」

もう松方から僕へは完全に敬語が消えていた。そんなの気にしてもしょうがないか。からまれ続けるのも嫌だし、引き受けよう。探す振りして、見つかりませんでしたって言えば済むことだし。と思っていたら松方は言う。

「もちろんこんな頼み方で真面目に探してくれるわけもないだろうし、ちゃんと仕事として頼むよ。もともと親父が校正を頼んだわけだから、原稿戻ってきたら校正料ってことで、もちろん割増で、相場が一枚どれくらいだったっけ。五倍は払うとすると……」

そこで松方が提示してきた額はかなりのものだった。畳みかけるように彼は続ける。

「見つかるかどうか関係なく、引き受けてくれるんなら先に半分払う。ぶっちゃけて言えばこれ示談金ですよ、つまりね、こっちとしても相続で揉めたくないんだ。死後認知なんて面倒なことに付き合わされたくない。だから、金は払うんであきらめてほしいってこと。でも正直にそういう名目の金だと受け取りづらいだろ。だから仕事ってことで頼む。これで原稿見つかれば全方面ハッピーだろ？」

あけすけにもほどがある言い草に、僕は一周回って尊敬の念すらおぼえ始めていた。

「……あの、さっきも言いましたけど僕もそんな面倒はいやなんで、認知はどうでもいいです。家を探すだけですよね。やってみます。でもあんまり期待しないでください」

うんざりして答えた。松方は言う。

「万が一認知が出ても、相続分は放棄するって今ここで明言してくれ。口約束でも、証人が二人もいるから有効になる」

会社に呼びつけた本当の理由はそれか。第三者の前で僕と金の話をしたかったのだ。

「放棄します。これでいいですか。書面必要なら用意してください」

「ＯＫだ。念書は金払うときに一緒に用意するよ」

僕とメールアドレスをやりとりした松方は「明後日まず一報入れてくれ」と念押しして部屋を出ていった。

高梨さんがあわてて見送りのために追いかける。会議室は不意にしんと冷え込んだ。

霧子さんは僕を下まで送ってくれた。エレベーターの中でのわずか三十秒間が、この日唯一の収穫だった。

「今日は申し訳ありませんでした。あんな用件のためにわざわざ来ていただいて……」

「いやそんな、霧子さんが謝ることじゃないです」

身内の話なのでどちらかといえば僕が謝らなきゃいけない場面だ。

「わたしにできることがあれば遠慮なく言ってください。小説に関わることですから、お力になれるかもしれませんし」

「ありがとうございます。でも家探しするだけですし。多分見つからないと思います」

なぜか彼女は残念そうな顔になる。

「ああ、会社的には原稿見つかった方がいいですよね。多分S社から出すんだろうし」

「……それは、その通りですけれど……」と霧子さんはつぶやき、しばらく口ごもる。

失礼な勘ぐりだっただろうか。不安になっている間にエレベーターが一階で止まる。

玄関口まで来たとき霧子さんが不意に再び口を開く。

「世界でいちばん透きとおった物語。気になるタイトルです。宮内先生にしては珍しいというか。警察ものやクライムサスペンスの名手でしたから。恋愛小説でしょうか。個人的に、とても読んでみたいと――そう思ってしまったんです。すみません、私事で」

社屋を出て神楽坂を下っていく間も、霧子さんの言葉がずっと頭の中を巡っていた。

第3章

バイトが休みの日を丸一日使って、家中を探した。少々怖い気持ちはあった。たとえば母が生前僕にまったく気づかれずに男とつきあっていたとして、箪笥や引き出しを漁ってその証拠が出てきたら、やっぱり変な気分になるだろう。咎める権利も筋合いもないし、なんなら男くらいいた方があの人にとっては良かったかもしれない——と、頭では理解しているけれど、それと心情とはべつの話だ。

幸い、宝飾品も派手な服も出てこなかった。化粧品も安くてシンプルなものばかり。宮内彰吾の原稿も出てこない。校正校閲という職業柄、母の部屋は書籍と書類でいっぱいなのだけれど、埋もれていても六百枚の手書き原稿となればかなり目立つはずだ。

まあ、預かってなかったんだろう。

あの松方朋晃という金に意地汚い男の勝手な想像だったのだ。母は宮内彰吾とは一切関わらないと言っていたんだし。

でも、気になることを言っていたのを思い出した。母が宮内に金を払っていた、と。

通帳を全部引っ張り出してみた。七年前のものまで保存してある。

大量の出納記録の中から、探し出せるだろうか。

松方は、母が宮内彰吾に「ちょくちょく」金を払っていたと言った。それが本当なら見つけやすいはずだ。

振込先の欄の頭文字を指でたどっていく。でも「ミ」の一字には全然ぶつからない。

松方の嘘だったのだろうか？　あるいは他に口座があるのか、それとも現金で渡していたのかもしれない。

まあいい。僕には関係ない金の話だ。それより原稿を探そう。僕の金に関わる話だ。

母の部屋を探し終え、居間、台所、僕の部屋も。

見つからなかった。疲れて窓の外を見ると、もう暗くなっている。

三月に入ってからもさっぱり寒さが和らがない。あきらめて暖房を入れると、松方に原稿見つからずのメールを打つ。

今夜はキムチ鍋にしよう。買い物に出かけ、帰宅したときにちょうどスマホが鳴る。

発信者を見ると、松方からだった。

『ほんとうによく探したのか？　てきとうにやって半金だけもらおうとしてないか？』

「探しましたよ。広い家じゃないし、手書き原稿六百枚もあったら絶対見つかります」

『……お宅にないのは、まあ、わかったよ。他も探してくれないか。どうせ暇だろ？』

「どういうことですか、他にあてがあるんですか？」

『俺が訊きたいよ。小説のことならあんたの方がずっと詳しいだろ。校正者の息子なんだから。親父は交友範囲も広かったし、別のだれかに原稿預けたままか、それとも俺の知らない隠れ家でもあるのか。探すのはあんたの方が適任だろう。俺は仕事もあるし』

僕も週三の書店バイトという立派な仕事がある、とは言わない方がよさそうだった。

『どんだけ有名作家だろうが、死んでちょっと話題になったところですぐ忘れ去られるだろ。ブーストがかかってるうちに早く出版したいんだよ。話題作が一本出れば昔の本もつられて売れるかもしれないし。本を出すのって最速でも二ヶ月くらいかかるだろ』

「売れるとも限りませんよ。そこまでこだわるようなものですか？　僕に払う金で足が出るかもしれないのに。あきらめた方がいいんじゃ」

言ってから後悔する。これじゃ強欲な松方は金を払ってくれなくなるかもしれない。見つからなくても半分は払う——なんてしょせん口約束だ。霧子さんに証人になってもらって請求するってのも、金に汚いところを霧子さんに見せるようで気が進まない。

『俺もちょっと読んでみたいんだよ』

ぼそりと松方が言った。僕は耳を疑った。小説なんて読まないと言っていたのに。父親への敬意も皆無に見えたのに。

『あんたもわかってると思うが、あの男はろくなやつじゃなかった。人間の屑だった』

いきなりそんな同意を求められても、僕は困惑するしかなかった。

一面識もない、血縁以外なんの関係もない男だ。

『家には全然帰ってこなかったし、たまに顔を見せれば、よその女との件でお袋と嫌味の言い合いをしてた』

よその女、の中に僕の母も含まれているので、何も言えない。黙って聞くしかない。

『それに、本を読まない人間をまとめて馬鹿にしてるところがあってさ。俺とはほとんど口もきかなかった』

松方が電話口の向こうでぼやく内容のほとんどに、僕はまるで興味が持てなかった。

なのに、僕の中で共振するなにかが感じられた。

半分血のつながった兄弟だから、なんて理由ではなさそうだった。

もっとずっと後になって振り返ってみても、僕はその松方朋晃という男を兄だと認識した事は一度たりともなかった。

ただ、強いて言えば――父親が「いなかった」という点で僕ら二人は共通していた。

松方にとっても、いなかったのだ。

『五年くらい前か、癌になったって聞いたときも、ざまみろとしか思わなかったけど』

彼の言い方はどこか露悪的で、ほんとうに父を憎んでいるようには聞こえなかった。

宮内彰吾という人物は彼には遠すぎて、不可解すぎて、おまけにもう死んでしまっていて、責めることもできず、途方に暮れていたのだ。

『あの原稿は、メモの通りなら親父が最後に書いたもんなんだ。癌告知受けてからは連載も全部やめて新刊も出さなくなった。家でたまに原稿用紙に向かってるところは見たことがある。多分あの原稿だ。あれだけは、書き続けたんだよ。なにかあるはずだろ』

欲と業の果てに病んだ作家が最期に縋（すが）ったもの。世界でいちばん透きとおった物語。

『俺のことなんて存在自体無視してたけどさ、もうすぐ死ぬってなったら、なんかメッセージ遺しておこうとか考えるかもしれないだろ。人生最後の小説だぞ。いくら人間の屑でも少しは反省したり、後に残ること考えたりするんじゃないのか。俺とかお袋に謝ったり。直接書くのは気が引けるとしても、小説って形でなら、上手い具合に比喩とか使って、なにかこう、自分の正直な気持ちをさ……』

傷口からぼたぼた漏れる血みたいな彼の想いに、でも僕はあまり賛同できなかった。そんなにわかりやすいものだろうか。死んでいく者が人生を顧みて改悛するなんて、生きている者の勝手な期待じゃないだろうか？　どうせ死ぬとわかっているのなら――見栄も意地も張り続けたまま死ぬ。

そう考える奴がいても不思議じゃない。自分が消えてしまうのだから、どんな法廷にも引っ立てられる事がなくなる。

血が半分だけつながった僕の兄に、そのときそう言ってやってもよかった。けれど。

「……わかりましたよ。もう少し探してみます。それでいいですか」

代わりに出てきたのはまったく別の言葉だった。

「でも手がかりが足りないです。とりあえずあの執筆メモをください。それから父の部屋を見せてください」

短い沈黙の後で、わかった、と松方は言った。あきらめと安堵の混じった声だった。

　その週の土曜日、僕は高輪(たかなわ)に出向いた。駅から歩いて八分ほど、目立たない六階建てのマンションだった。

「意外に小ぢんまりですね。売れっ子作家だから、もっと広い部屋に住んでたのかと」

　通された部屋を見回して僕は正直な感想を言う。

「だから言っただろうが、親父は金ほとんど使い果たしてたんだよ」

　松方朋晃はいらだたしげに言う。その日の彼は休日だからかラフなスウェット姿で、この間よりもさらに若く見えた。

「都内のましな物件なんて苦しくなったときに即売り払ってた。ここも賃貸だからな」

　広さも内装もうちと同じくらいだ。

「相続のごたごたが片付いたら、ここも引き払うよ。この狭さの割に家賃も安くない」

　十年前に宮内彰吾は離婚し、目黒の一軒家を売却。息子を連れてこの部屋に移った。松方朋晃は当時大学生。父母のどちらについていくかで悩むような年齢ではなかったので、通学のことだけを考えて父親を選んだという。

「お袋は千葉の実家に戻るっていうし、親父についてくしかないだろ。離婚後すぐは親父も相当書きまくってたな。慰謝料とかで物入りで稼がないとまずかったんだろ。三年で二十冊は出したんじゃないかな。でも家で書いてるところはたまにしか見なかった」

「自宅以外の執筆場所はまったく心当たりないわけですよね。レンタルオフィスとか」

「心当たりがあるならとっくに探してるよ。別荘は軽井沢と熱海に持ってたが、癌が見つかってから全部手放した。節税のための会社も持ってたけど、事業所登録はこの部屋に移してあってオフィスも引き払ってあった。他に借りてる物件も一切ない。最期はホスピス専門施設に入ってたけど、原稿は病室にもなかったし、施設のだれかに預けたって話もなかった。俺の方はもう完全に手詰まりだよ」

たとえば貸金庫とか？　校正段階の原稿をそんなところに隠すとも思えないけれど。

「だからって、うちの母も無関係だと思いますよ。ていうか、ちょくちょく金払ってたって言ってましたけど、ほんとですか？　うちの通帳にそんな記録なかったですけど」

「本当だよ。こっちの通帳見るか？」

松方は通帳を持ってきてくれた。開いたページには「フジサカ　メグミ」からの入金履歴だけがずらっと並んでいた。

一回につき一万円か二万円。たまに五万円。毎月というわけでもなく、とびとびだ。金に余裕ができたらその都度払えるだけ払っていた、のだろうか。

通帳を反対側から覗いた松方が説明してくれる。

「離婚処理のために作った口座だな。最初のページ見ろ。家を売った金が不動産屋から振り込まれてるだろ」

カ）エステートなんとか、というところから、一千万円もの入金が記録されている。

「で、いきなり全部払ってる。債務返済かな。そのあとは立て替えた慰謝料の分割払いの受け口になってる」

入金直後、イ）トウキョウなんとか、というところにほぼ全額が振り込まれている。以降はフジサカメグミばかりが何ページも続く。

寒々しい木霊が響く空洞みたいだ。母の名前だけが繰り返される。

通帳を見ているうちに、また目がちかちか痛み始める。不倫の慰謝料。ほんとうに母なのか？　同姓同名の別人では？

でも、うちの通帳で出金履歴を見つけられなかった理由がすぐにわかってしまった。口座名義が、《マツカタトモヤス》。

《宮内彰吾》はペンネームじゃないか。本名は松方朋泰だ。忘れてた。間抜けすぎる。

あのときは「ミ」の字だけを拾おうとしていたのだ。そりゃあ見つからないわけだ。

フジサカメグミからの最後の入金は、二年前の一月。事故死の前月だ。当たり前のことだけれど、母が死んで以降、入金は途絶えている。

「二年前で支払い止まってますけど、宮内さんはなんにも言わなかったんですか。これで完済って額じゃないですよね、百万もいってないし。病気が重くなって、それどころじゃなくなってたのかな。二年前っていうと、もう病院に入ってた時期なんですか？」

「いや。入院は先月だよ。ぎりぎりまで自宅療養。ホスピスはそう長く入れないんだ」

だとしたら口座はチェックできていたはずだ。あるいは最初からどうでもよかったのかもしれない。母が律儀に支払いを続けていただけで、宮内彰吾の方はもう母への興味を失っていたのだろう。少しでも気にしていたなら、こんなにも支払いが滞った時点でなにかしらの手段で連絡してきて、事故のことを知ったはずだ。でも実際はなんの接触もなかった。母の死を知らないままあの男は死んだ。

責める気にはなれなかった。そんな男を（しかも妻子持ちを）選んだ母が悪いのだ。

「親父のやつ、ほんとに顔も出してなかったのか？　一度も逢ったことがない？　葬式にも行かなかったのか？　ていうかお袋さん死んだのも知らなかったってことなのか」

いきなり早口で訊かれておどろく。

「……ええ、まあ。報せなかったですし。このよくわかんない支払い以外はなんにもつながりがなかったと思いますよ」

「さすが人間の屑だ。まあ他にも女いたしな。癌になってからも女は途切れなかった」

女三人とそれぞれ旅行に、と言ってから松方は不意に口ごもった。

「……悪い。さすがにこんなん聞くのは嫌だよな」

「いやべつに。ほんと全然知らない人なので」と僕は嘘をついた。母のことを考えると少しだけつらかった。

「その、つきあってた女の人たちのところには、原稿知らないか確認とれてますか？」

「とってない。ていうかどこのだれか知らねえし。ただ、携帯の電話帳でそれらしいのは目星つけてあるよ」

「あれ、故人のスマホって中身見られるんですか。僕はもうあきらめましたけど……」

「ガラケーなんだよ。ガチのＩＴ音痴だったから」

なるほど。そういやこのご時世に手書き原稿だったくらいだしな。

「原稿探すんなら携帯もあんたに預けといた方がいいよな。メールとか履歴とか、手がかりがまだあるかもしれないし」

そう言って渡された、見慣れない大量のボタンつきの不器用そうな機械を凝視する。

僕が——持っていていいのだろうか。

「あと執筆メモか。……他になんか持ってくか？　つまりその、形見分けっていうか」

「は？」と、僕は思わず声を漏らしていた。松方も気まずそうな顔をしている。形見？

「一応、父親だしさ。……ていうかあんた、両方亡くしてるんだよな。……なんていうか、全然そんなふうに見えなくて、全然平気そうで」

「はあ。両方っていっても僕は最初から片方しかいなかったわけなので。べつに平気ってほど平気じゃないです。ただもう二年もたってるし。とくに困ってないですし。あ、困ってないっていったってお金はくれるならもらいますよ。いくらあってもいいから」

「そうか。なんか、済まないな。でもしょうがないよな。もう死んじゃってんだしさ」

なにを謝られたのかもよくわからなかった。というか謝らないでほしかった。ひどく感じが悪い第一印象のままでいてほしかった。まさか父親のことを少し話したからってにわかに兄としての自覚が芽生えた、とかじゃないだろうな。心底気持ち悪いのでやめてほしかった。ドライな空気に戻したかったので、僕は自分から相続分放棄の念書の話を持ち出した。サインして、拇印（ぼいん）まで捺（お）してやった。

「あとは僕が原稿探すだけですね。あんま期待しないでください。期限はいつまで？」

「そうだな。三ヶ月も過ぎたらもう出版できたとしても話題にならなくなってるだろうし、だから……きりよく年度内かな。月末までに見つからなかったら俺もあきらめる」

あと一ヶ月弱か。まあ無理だろう。

「わかりました。ええと。宮内さんが入ってたホスピスってどこですか。ケアしてた人が何か話聞いてるかもしれない」

「ああ、なるほど。世田谷（せたがや）の聖アンジェラ療養院ってとこだ。あとで地図メールする」

「他には——作家仲間、とかは？　交友範囲広かったそうですけど」

「よく知らんが作家協会の理事とかやってたはず」

その後も思いつく限りの質問を並べた。材料は増えたけれど、見つかる望みが増えた気は全然しなかった。

マンションを出ると、もうすっかり暗くなっていた。肌寒さが頬を刺すようだった。

家に帰ってすぐに霧子さんに電話した。休日なので申し訳なくはあったけど、すぐに報告したかったのだ。

「お休みのとこ、ほんとにすみません。あの、例の宮内彰吾の遺稿の件なんですけど」

『はい。わたしにできることでしたら、なんでも』

「きょう松方さんと話して、けっこうガチで探すことになりまして」

簡単にまとめて話すつもりが、今日あったことを残らず報告してしまった。霧子さんは怖いくらいに聞き上手なのだ。

『わかりました。宮内先生のお知り合いの作家先生がたにわたしが渡りをつける、と』

「はい。霧子さんにしか頼めなくて」

『燈真さんをお手伝いできるのはわたしもうれしいです。他にはなにかありませんか』

「S社以外の編集さんは……あの、宮内彰吾の担当だった人ですね。話聞けますかね」

『できますよ。編集者はわりと横のつながりがあるので』と霧子さんは言ってくれた。

その後も二、三やりとりして通話を切り、息をつく。

「霧子さんが読みたがっていたのでなんとか原稿見つけたいです」――と、言ってしまえばよかったのに、なかなかそんな勇気が出せない。実際それ以外にモチベーションなんてないのだ。宮内彰吾という作家にはなんの思い入れもないし、父親とも思えない。

もう一つ息をつき、ガラケーを取り出すと、僕は棺の蓋を恐る恐るこじ開け始めた。

第4章

梱包された雑誌を運ぼうとすると、指に食い込むビニル紐の感触が痛かった。三月だけれどまだ冬である証拠だ。非常階段に出ると、新宿の狭い空に敷き詰められた鼠色の雲を見上げる。いっそ雪でも降ってしまえばいいのに、そこまでの冷え込みではない。バックルームに戻って残りの返本作業を済ませると、ちょうど19時だった。エプロンを脱いで退勤処理をし、他の店員に挨拶して店を出る。

母が死んでから季節が二廻りした。なにひとつ変わらない、ぼんやりした僕の日常。週三日のバイトで暮らしていけてるのもマンションのローンが済んでいるおかげだ。このまま生涯いち書店員でも……いや、さすがにちょっと貯金が減ってきたっけ……？ずっとこのままでいいんだろうか。

書店の仕事は嫌いではない。でも一生続けられるとも思えない。本を売る喜び、みたいなものとはずっと無縁だった。

思えば、母と将来に関する話をした記憶がない。高校受験もバイトも独りで決めた。三者面談でも、母は教師の話に微笑んで相づちを打つだけだった。

息子の人生にあまり興味がなかったのだろうか。

わからない。もう確かめる術もない。僕は頭を振って考えを払い落とし、人混みの歩道を駅へと歩き出す。

原稿探しの報酬が入ったら、書店を辞めてしばらく自分探しでもするか、と考える。

その日の訪問先は、同じ新宿のキャバクラだった。歌舞伎町一丁目の夜光の沼にひしめく雑居ビルの一つ。

宮内彰吾が晩年に交際していたらしき女性のうち一人が、その店に勤めているのだ。

ガラケーの中身をあさる作業を、苦く思い出す。

なにかことさら恥ずかしい内容のメールが出てきたわけではない。

ただ、罪悪感で指が凍った。自分が死んだ後にこれをやられたら、と考えると身体のあちこちの粘膜がひゅんと縮む。

それから気づく。メールが事務的なものばかりで、恥ずかしい内容が、なさすぎる。

これ、おそらく選んで削除してる。

一方で女性名は、着信がかなり頻繁にあるのにメールが一切ないのが見受けられる。

《K社編集部》とか《税理士》とかいったアカウントとは、やりとりが残されている。

死後に見られたくないから削除したのだ、との推測を元に絞り込み、リストアップした女性たち全員に、勇気を振り絞って電話をかけた。

「……突然申し訳ありません。宮内彰吾の携帯電話からかけております。はい。ご存じでしたか。宮内は先月物故しまして、遺品整理を任されているんですが、親しくしていただいた方にお逢いして形見分けを、それから、なにかお話を伺えればと思って――」

この嘘を人数分繰り返したのだ。当然、妙な反応をされることもあり、心が痛んだ。

しかしメンタルを削った甲斐はあって、宮内彰吾とそうとう深い関係だっただろうと思われる女性三人に連絡をつけることができた。今日が一人目との面会だ。駅を東口側へと抜けると、プリンスホテル前の横断歩道を渡る。巨大な赤ゲートをくぐり、光が鬱血する歌舞伎町一丁目に踏み込んだ。スマホの地図アプリを確認しながら目当てのビルにたどり着き、毒々しいロゴの並ぶ看板を確認する。

エレベーターで六階まで上がると、品のないミラー加工の玄関口が待ち受けていた。恐る恐るドアを開ける。けばけばしいシャンデリアに鏡だらけの壁面。ラメ入りのクッションの光沢が目に痛い。大物推理作家が好みそうな雰囲気とはどうにも思えない。

「申し訳ないですが、20時開店です」

大柄な黒服が寄ってきて慇懃に言うので、僕は跳び上がる。ただでさえこういう店に来るのは今日がはじめてなのだ。

「あっ、あの、すみません、客じゃなくて、ええと、藍子(あいこ)さんという方と約束が――」

「あっごめんなさいあたしのお客！　お客っていうかなんていうか」

奥から走り出てきた女性が大声で黒服に言った。

「インタビュー？　でしたっけ？　開店前にささっと終わらせるんで、個室使わせてもらってもいいですか」

彼女は黒服に何度も頭を下げて頼み込んだ。黒服は迷惑そうに僕と彼女を見比べる。

「インタビューってそれ店の名前出るやつですか？　取材？　写真撮影は？　出ないならまあいいですけど」

「ありがとう！　じゃこっち」と彼女は僕の手を引いて店内右手の個室に連れ込んだ。

これは、いわゆるＶＩＰルームというやつでは？

いっそう派手な内装にびびりつつも、黒い革張りのソファに座る。

「ていうかほんと先生そっくり！　隠し子だよね？　奥さんとの子供はたしか三十過ぎだし、全然似てないっていうし」

九十度の位置に座るなり彼女はぐいと顔を寄せてきて喋り始めるので僕はのけぞる。

隠し子――大体合っているけれど。

「噂では聞いてたんだけどマジだったんだ。先生の若い頃こんなだったんだろうなあ」

全身じろじろ観察されるので、僕はもう形見だけ渡して早々に帰りたくなってきた。

藍子さんは、25歳くらいの、ノースリーブの白いワンピースがよく似合ういかにもなキャバ嬢だった。あまり作家の愛人ぽくない雰囲気。

「あの、今日はどうも時間を作ってくださってありがとうございます。インタビューとかって嘘つかせちゃって……はい、あの、すぐ済ませますので。とりあえずこれ、遺品の中から選びましたので、よければ受け取ってください。故人も喜ぶんじゃないかと」

ビニールパックに入れたネクタイピンを手渡した。藍子さんは目を細めて受け取る。

「うん。ありがとう。こちらこそばたばたしてて、ここしか時間とれなくてごめんね。もうすぐ開店だからあんま話せないんだけど。お葬式もね、ほんとは行きたかったんだけど。あたしみたいなのが行ったら、まあ、ばればれじゃん。奥さんにはどうせばれてたらしいんだけどね。旦那の愛人みんな把握済みなんだって。怖いよね。それ平気な顔で話す先生も怖いけど。まあ今となっちゃ笑い話か」

それはほんとうに怖い。やっぱり母や僕のこともとっくに調べ上げられていたのか。

「あの、僕は父――のことを全然知らなくて。よければ、なんでもいいので聞かせてもらえませんか。遺品整理は遺族に頼まれただけで、宮内彰吾とは一面識もないんです」

藍子さんは不思議そうに瞬きする。

「一度も？　逢ったことないの？　それひどいねえ。たしかに先生からは愛人の子の話なんて聞いたことなかったけど」

「藍子さん、僕のこと話に聞いてるみたいなこと言ってましたけど、それはどこから」

「業界内では知られた噂だったの。業界ってのは文壇？　ってやつ」

そういえば松方朋晃もそんなことを言っていた。

「私、前はアフターによくゴールデン街で飲んでたんだよね。バーで宮内先生と知り合って、仲良くなって」

他の小説家や編集者とも顔なじみになり、業界の話を聞くようになったのだという。

「あの頃先生もう癌だったんだよね。元気で飲みまくってたけど。ああでもお腹にでかい手術痕あったっけ」

いきなり生々しい話になった。男女の関係ともなれば裸体も詳しく見ているわけだ。

「ていうと、知り合ったのは四、五年前ですか？」

胃癌が見つかったのは五年前だ、と訃報記事に書いてあったはず。

「そんくらい。最初は、歳も離れてるし話も合わないかと思ったんだけど全然そんなことないしめっちゃ気に入られて」

どういう話題で盛り上がれたのだろう。この人が、五十代の小説家と談笑している？

そんな場面はまるで想像できない。

「先生はね、自分で言ってたんだけど、読書する女ならだれでも口説けるんだってさ」

なるほど一応は共通の話題があったのか。藍子さんは思い出し笑いしながら続ける。

「逆に読書しない女は頭悪く見えて無理だって。むかし本読まない女と何人か付き合ってみたけど、すぐ飽きちゃってみんな捨てた、って」

「それ女性の前で言うんですか」僕は心底呆れる。人間の屑、と松方朋晃が言っていたのもわかる。編集にも横暴の極みだったわけだし、社会人としても男としても父親としても酷いものじゃないか。母はそんな男に引っかかったのか。ファンだったとはいえ。

早く遺稿の話題に誘導したい気持ちと、続きをもっと聞きたい気持ちがせめぎあう。

「でもモテたからねえ、先生。あの歳でも私の他に二人くらい彼女がいるって言ってたし。一人はあなたのお母さん？　あ、ちがうの？　ふうん。まあとにかく若い頃はもっとすごかったんじゃないの。芸能人とも何人か、って噂で聞いたし。年齢もタイプも関係なしだったから事情知らない人から見たら見境なく口説いてたように見えたかもしれない。先生の中ではちゃんと一貫してたわけだけど」

読書好きであればだれでも口説くなら見境がないのでは……？　と思わなくもない。

「じゃあ藍子さんもかなり読書好きなわけですね。父と二人の時も本の話をしてたってことですか。というか父のファンだったり？　著作の感想を直接言ったりとかですか」

僕はそれとなく話を誘導し始めた。

「ううん。先生のは一冊も読んだことなかった。そもそも私あんまりミステリーは読まないから。東野圭吾（ひがしのけいご）くらいかな」

宮内は幅広い読書家だったし他の話題も豊富なので退屈することはなかったという。

「付き合い始めた後で、一冊読んでみたけどね。先生のデビュー作」

「僕はまだ父のを一冊も読んだことがないんです」

「ああ、作者が身近すぎると、なんか抵抗あるかもね。私も先生に面白かったよって言うの照れ臭かったし」

そういう意味の抵抗ではないけど、宮内の著作を意図的に避けていたのはたしかだ。

母親のかつての不倫相手が書いた本――なんて、どれだけ面白かろうが素直に楽しめないにきまっている。

「先生も昔の作品褒められるのは微妙そうだった。昔のは下手だから新作読め、って」

遺稿の話につなげられそうなとっかかりだった。

「でも、ここ最近新作は書いてなかったじゃないですか。闘病中で」

「たしかに身体はすごくつらそうだったけど。見るたびにどんどん痩せてたし。でも少しずつ書いてはいたみたいだよ」

書いていた――のか。やっぱり。時期的に考えても、いま探している遺稿だろうか？

考えている間に藍子さんは続けた。

「あれ結局本になってないのかな。すごく思い入れありそうで、必死に書いてたのに」

「ひょっとして原稿書いているところ見たことがあるんですか？」意気込んで訊ねた。

宮内彰吾は女のところで原稿を書くこともあった、と松方朋晃が言っていた。この人がそうなのだろうか。けれど藍子さんは首を振った。

「先生とは外で逢うだけだったし。愛人宅で一冊書き上げたって武勇伝は聞いたことあるけど、年に十冊とか書きまくってた時期の話じゃないの？　人生最後の一冊になるかもっていう本でしょ。さすがにひとりになってじっくり書きたいもんじゃないのかな」

そうかもしれない。ともかく、話がかなり核心に踏み込んでいるのはたしかだった。

「宮内先生は、その、書いてる小説についてなにか話してましたか？　僕、未発表の原稿があるんじゃないかって探してるんです。執筆メモが残っていて、ほとんど完成しているんじゃないかっていう小説があるみたいなんですけど、原稿が見つからないんですよ。その、人生最後の一冊になるかも、というのは先生が自分で言っていたんですか。他にもなにか、自作について話してませんでしたか」

口調に熱が入っているのが自分でも不思議だった。思い入れなんてないはずなのに。

藍子さんは「ちょっとごめんね、準備しなきゃだから」と言ってバッグからマニキュアを取り出し、爪に塗り始める。自分の指がちゃんと五本ずつあるか確かめるように。どう語るべきか、迷っているのだ。

「すごく難しい作品だ、みたいなことは言ってたかな。人生最後ってのは、直接そう言ったわけじゃないんだけど……」

ひどく歯切れが悪い。一単語口にするごとに僕の反応を窺っているようにも見える。

「とにかく特別な話だったみたいで、絶対に完成させなきゃ、って」

特別な、話。――そんな平凡な表現だけなのか？

もっとなにかあるはずだ。僕は訳もなく確信していた。彼女の目と言葉の奥に、まだなにか隠されている。

マニキュアを塗り終えた両手が広げられる。瑠璃色の爪がシャンデリアの光を弾く。

「……これ、言っていいのかな。ううん……もう時効だろうし、息子さんなら、知っておいた方がいいかな」

僕は息を詰めて、藍子さんの唇を見つめた。どこか遠くでサイレンの音が聞こえる。

「先生、ずっと昔に――人を殺しかけたんだって」

藍子さんはうつむいたまま、自分の手の甲に向かってそう囁いた。

胃袋の底に氷を差し込まれたような気分だった。人を、殺しかけた。いったいどういう意味で？　そのままの意味で？

「冗談か、それとも小説の中の話だって思うでしょ？　あの人、推理作家なわけだし」

彼女は硬くこわばった声で続ける。

「そう訊いたら、ちがうんだって。ほんとうにそのままの意味で、殺そうとしたって」

なにも言葉が出てこなかった。薄く開いたままの唇の間から吐息が漏れ出るばかり。

藍子さんの方も迷っているのがわかった。口紅を念入りに直し、化粧品をまとめてバッグにしまいこんでから、ようやく再び口を開いた。

「それ以上は私も突っ込んで訊けなくて、詳しいことは聞いてないんだけど。その罪があるから、今書いてるやつは死ぬまでに絶対に仕上げなきゃ、って、追い詰められてるみたいだった。結局書き上げられなかったのかな？　抗癌剤で毎日きつそうだったし」

罪……。その告白が書かれた小説だったのだろうか。生涯最後の、自伝的ななにか。

「罪っていうなら大概罪深い人だったけど。女癖の悪さもそうだし、お金の遣い方もむちゃくちゃで家族に迷惑かけてたらしいし、あと一番売れてた時期とかは編集さんにもひどかったらしいし。真夜中に箱根まで資料届けさせたりとか。ネット使えよって話だけど、ＩＴ弱い人だったし、ずっとガラケーだったし。私とも色々あったけど、でも、もう死んじゃったんだよね。ほんと虚しいよね……」

藍子さんはシャンデリアを見上げてまぶしげに目を細め、しばらくの沈黙を置いた。

「ごめん、そろそろ時間。大した話できなくてごめんね。他の女の子のとこも形見分けして回るの？　大変そうだね。愛人の子だから愛人担当ってわけ？　あは、ちがうか」

「だいたいそんな感じです。たぶん」

そういうことにしておこう。考えてみれば認知もされていない婚外子が形見分けを任されるなんておかしな話なのだ。

「原稿も見つかるといいね。題名すごくいいんだよね、先生が教えてくれたんだけど」

なんだっけ、世界一……透明な？　だっけ？　と藍子さんは呟く。

「世界でいちばん透きとおった物語」と僕は言う。

「あ、それだ。題名だけは決まってるんだ、って自慢げに言ってた。先生らしくないよね。純愛ものみたい」

戸口から黒服が顔を出して、藍子さんそろそろ、と言った。僕は慌てて席を立った。

新宿駅のプラットフォームで下り電車を待つ間、僕は藍子さんに聞いた話をひとつひとつ思い返していた。

僕の中で宮内彰吾は「知らない男」から「よくわからない男」に昇格しつつあった。

いや、むしろ降格か？　上下の問題ではないか。

自分勝手な放蕩作家――というだけなら、わかりやすかったのに。

人を殺そうとした。その罪を抱えて病んだ身体で書き続けた。人生最後の一冊、世界でいちばん透きとおった物語を。

だれを、どんな理由で殺そうとしたのだろう。そもそもほんとうの話なのだろうか。

修辞じゃないのか。作家なのだし。

「社会的に殺す」とか「作家としては死ぬ」とか、ものの喩えがいくらでもあり得る。

これを松方朋晃に伝えるべきだろうか。彼なら別になんとも思わないかもしれない。

スマホを取り出し、松方宛の報告メールを打とうとして、やめる。今のところは、僕ひとりの胸の内にしまっておいた方がいい気がする。

『世界でいちばん透きとおった物語』が見つかったとして、そこにたとえば遺族にとって致命的な告白が書かれていたら、松方朋晃はどうするだろう。出版を断念するならまだいい。まずいところだけを書き換えて出版するかもしれない。金だけが目的だから。

だとしても、僕がなぜ気にするのか。考えに沈んでいるうちに、電車がやってきた。

第5章

　二人目の「宮内彰吾の女」への形見分けは、その翌日だった。朝から薄曇りのひどく冷え込んだ日で、三月なので癪だったけれどヒーターを入れた。バイトは休みで、砂糖無しのココアだけで朝食を済ませる。食欲がなかったのだ。昨日の藍子さんとの面談がまだ意識の隅にわだかまっていたし、今日これから逢う相手を考えても気が重かった。宮内彰吾の同業者なのだ。ペンネームは七尾坂瑞希。

　知らない作家だった。話を聞くにあたって一冊くらい読んでおいた方がいいのかな。しかし、面白ければいいけれど、つまらない本だったら困る。この人があのつまらない本を書いた人なのか、と思いながら話すことになったら、絶対に態度に出てしまう。愛想笑いや社交辞令は苦手なのだ。

　どのみち約束の時間は昼の十二時なので、電書ですぐ買えるといっても面会時間までに読破するのは無理そうだった。

　十一時、ジャンパーを着て部屋を出た。が、あまりの寒さにすぐ室内に取って返す。ぼろくなったダッフルコートを捨てて以来、我慢してきたけど――

　やはり無理だ。春までごまかしきれそうにない。

　ちゃんとしたコートを買うしかないか。でもあまり金を遣いたくないし、なんにしろ今日は間に合わない。

　ふと思いついて、母の部屋に入った。この間の原稿探しのときに見つけていたのだ。

クロゼットの中に、母の外出着が何着か吊ってある。濃いグレイのPコートは、僕でも着られそうだった。

少しだけ迷ってから、袖を通す。ぴったりだった。体型がほとんど同じだったっけ。

僕がもらっちゃっていいよな。もったいないし。

ふと、コートのポケットになにか紙類が入っているのに気づいた。

引っ張り出してみると、封筒に入った映画の前売り券だった。上映日は、明後日だ。

もちろん、二年前のものだけど。

チケットは二枚ある。そういえば、一緒に観にいきたいって二人で話していたっけ。

今の今まで、まったく忘れていた。

「……ごめん。もうアマプラで観ちゃったよ」と僕はチケットに向かってつぶやいた。

死ぬなんて、思ってなかっただろうな。当たり前だ。僕だって全然思ってなかった。

昨日と同じ今日が、今日と同じ明日が、ずっと続くと思っていた。僕は料理をひとつずつおぼえ、母は原稿に一ページずつ鉛筆を入れ——

『今夜は燈真がつくるんだよね。ちゃんこ鍋がいいな。いってらっしゃい』これが僕の聞いた母の最後の言葉だった。特別感もなく、感傷的なところもなにもない。無造作に切り取られた日常の一断面。ただ、永遠に切り取られたままになってしまっただけで。

クロゼットの戸を閉めた。防虫剤のにおいのする追憶が、ぶっつりと断ち切られる。

　待ち合わせ場所は、池袋（いけぶくろ）の北口を出てすぐのところにある喫茶店だった。少し早めに着いた僕が入り口に近い席で執筆メモをあらためて読みながら待っていると、正午を少し過ぎた頃になって一人の女性が店に入ってきた。案内しようとする店員に、待ち合わせですので、と言った彼女は店内を見回し、すぐに僕に目を留めた。短髪で縁なしの眼鏡をかけた気の強そうな四十代くらいの女性だった。

「藤阪――燈真さん？　すぐにわかった。ほんと彰吾先生にそっくり。はじめまして」

　そう言って彼女は僕の向かいのソファに座った。ボディラインの出るぴったりしたブラウスに黒のスラックス。藍子さんに比べてずっと大物作家の不倫相手らしさがある。

「七尾坂です。お逢いできて嬉しい」

　さっぱりしたしゃべり方には親しみを持てた。出版業界人だからだろうか、母や霧子さんとも近しい雰囲気を感じる。

「お父さんに似てるって言われるでしょう。話には聞いてたけど、最初びっくりした」

「ええ、まあ、毎回言われます。僕は逢ったことないんですけれど」

　ほんとうに毎回なのでうんざりしてきてはいた。

　でも実は便利でもあった。こうして待ち合わせで向こうが見つけてくれるし、会話のとっかかりにもなる。

「今日はわざわざお時間いただいてありがとうございました。これ、よければどうぞ」

ビニル包装した万年筆を差し出す。宮内彰吾が使っていた物だ。瑞希さんは複雑そうな面持ちで受け取る。

「彰吾さんとは全然面識もなかったんでしょう。どうして形見分けなんてやってるの」

ここで、藍子さんから拝借した言い訳を使った。

「愛人の子なので、まあその、そちら方面の形見分けだけ任されて」

「へえ。遺族は表立ってそんなことできないから？　変なの。……愛人ねえ。愛人とはちょっとちがう気がするけれど」

万年筆の、使い込まれて塗装が剝げた表面を指でたどりながら瑞希さんはつぶやく。

「気を悪くされたら申し訳ないです」

「そうじゃなくてね。彰吾さん、つきあってる女にお金払ったことはないはずだから」

僕の母だけが例外ではなかったのか。純粋な恋愛関係？　不倫に純粋も何もないか。

「気を悪くするとしたら彰吾さん。金を出さなきゃ女を落とせないようじゃ男としては二流、なんてよく言ってたから。実際、もてたしね」

「わりと人間の屑ですね……」と僕は思わず正直な感想を漏らしていた。僕の中でぶれていた宮内彰吾像が、ろくでなしの女たらしという方向に再び固まりつつあった。プレイボーイとしての信条はどうでもいいので養育費くらいはちゃんと払ってほしかった。

「あ、食事とかホテルとか旅行はもちろん払ってくれたよ？　あくまで直接渡すのが」

「いや、そのあたりはどちらでも――すみません。宮内先生の話をうかがいたい、って言いましたけど、できれば作家としてのお話を聞かせてもらえたら、って……あの、もちろん全然知らないことだらけなのでなんでも嬉しいですし、七尾坂さんの話しやすい感じで、といっても作家同士だったわけですし、二人で仕事の話とかもしてたわけですよね。そのへんを、もし差し支えなければ、詳しく」

原稿の話にとにかく誘導したくて、僕の喋り方はずいぶん不自然になってしまった。

「仕事の話は全然しなかったよ。なにが哀しくて作家二人で遊んでるときまで仕事の話なんてしなきゃいけないのっていう。……まあ、たまに協会の愚痴とかは聞いたかな」

瑞希さんは皮肉っぽく目で笑った。

「もともと彰吾さんは、私が推理小説協会に入る時に推薦人になってもらった縁なの。あの人ずっと理事やってるから」

そう話し始めた瑞希さんはすぐに言葉を切る。店員がオーダーをとりにきたからだ。

彼女はケーキとカプチーノを頼み、僕もコーヒーをおかわりした。

「それでお礼の挨拶ついでに一緒に飲みにいって」

後はなんとなくつきあうようになった、と瑞希さんは大幅に端折(はしょ)った。藍子さんもこんな感じだったっけ。

男と女ってそんなに簡単なものなのか。簡単じゃない部分を説明していないだけか。

「基本ただの遊び相手。コネで仕事回してもらったりとかもなかった。ゲスい勘ぐりする人も当然いたけど」

「そうなんですか。作家同士なんだし、お互いの小説を読んで批評し合ったりとかは」

僕が訊ねると瑞希さんは腹を抱えて笑い出した。

「ないない。素人じゃないんだから。もっと楽しい事に時間使うよ」

かなり恥ずかしいことを言ってしまったようで、僕は首をすくめた。なんとか原稿の話を引き出せないものだろうか。

「彰吾さんの本も昔は読んでたけど、つきあうようになってから全然読まなくなった」

少しさみしげに瑞希さんは言った。

「作者の夜の顔まで知ってると純粋に楽しめないの。読書中、頭にちらついちゃって」

「そんなものですか。僕も一冊も読んでないです。母から色々話を聞かされてたので」

瑞希さんは肩を揺らした。笑い方が意地悪ければ意地悪いほど魅力的に見える女性だった。つきあったら気苦労が多いだろうな、と思う。

「そもそも作家同士なんてつきあわない方がいいんだよね。彰吾さんの飲み会鉄板ネタがあって、作家が手出しちゃいけない女は①編集、②弟子、③ファン、④女優、⑤同業者なんだって。俺は全部手を出してるけどな、っていうのがオチ。すべらない話だね」

僕はまるで笑えなかった。母が③ファンだったからだ。よく笑い話にできるもんだ。

「彰吾さんとまあまあ続いたのも、あの人があまり作家っぽくなかったからかも。前職が広告代理店だっけ。話すのも聞くのも上手くて。あと必要とあらば作家っぽい雰囲気も余裕で出せる人でね。インタビューとか対談のときなんて別人になる。あれはもてるにきまってるよね。だから私もどれが彰吾さんのほんとうの貌なのかはよくわからないまま。ほんとうの貌なんてのがあるとして、だけど」

僕だってよくわからないままだ。面倒な原稿探しを続けている理由も、多分それだ。

「やっぱり小説書いてるときのがほんとうの自分なんじゃないんですか。作家なんだし作品には絶対に本性が出ますよね。テーマとか、伝えたいことを込めて書くわけだし」

瑞希さんはまたも心地よく笑った。

「なにか伝えたくて小説書いてるわけじゃないよ。テーマとかメッセージ性とか、真剣に分析されると笑っちゃうよね」

恥ずかしい素人意見をまた晒してしまったようだ。もはや黙っているべきだろうか。

「少なくとも彰吾さんは、伝えたくて書いてるタイプじゃなかった」

私も、と瑞希さんは付け加え、ケーキをつつく。

「だから自作について話すことなんてほとんどない。話すくらいならそのエネルギー使って作中に書くしね」

たしかにそうかもしれない。実際、自作について饒舌な作家ってあんまりいないし。

となると今日は無駄足か。作家が相手だから藍子さんのときよりも有力な話が聞けるかも、と思ったのに。

「……でも、さすがの彰吾さんも最後の小説に関してはたくさん喋ってくれてたっけ」

ふと瑞希さんが漏らすので僕は身を乗り出した。

「それは――『世界でいちばん透きとおった物語』のことですか？」

「そう、そんなタイトルだった。なんだ知ってたの。私にだけ話してくれたわけじゃなかったんだ。ちょっとがっかり」

「ああ、いえ、メモが残ってただけで、話を聞くのは初めてです」と僕は嘘をついた。

彼女は見透かすように目を細める。

「ふうん。なら、やっぱり私にだから打ち明けてくれたのかな。そうなら嬉しいけど」

今度の笑い方には皮肉っぽさはなく、少女めいてさえいて、僕は罪悪感をおぼえる。

「遺族の方も、未発表作があるなら出版したい、って言ってるんです。でも原稿がどこにも見つからなくて。七尾坂さんが何かご存じなら」

「原稿？　それは私も知らないけど。たぶん書き上げられなかったんじゃないかな。あんなに色々話してくれたってことは、彰吾さんも完成させられないって薄々わかってたからだと思う。書き切れる自信があれば、完成まで黙って書き続けるよ。作家ならね」

未完成？　でも六百枚書いているはずなのだ。もっと長い話になるはずだったのか？

「彰吾さんらしくない泣き言もたくさん言ってた。一ページ進めるのもつらいとか、書いてるだけで命が縮むとか。昔なら女の前で弱音吐く人じゃなかったのに。抗癌剤で実際つらかったんだろうけど、それでもね。あれは甘やかされたかったんじゃないかな。私にワープロ教えてくれとか言ってくるの。手書きじゃ限界だとか。一から覚える手間考えたら大して楽にはならないと思ったんだけどね」

　僕は身を乗り出しかけた。ワープロ？　それが本当なら、話はだいぶ変わってくる。

「一応教えたんだけど全然だめで。なんかPCに変な幻想持ってるの、文章を自動でアシストしてくれる機能はないのか、とか言って。結局は覚えきれなくて諦めたみたい」

　その言葉を、鵜呑みにはできない。

「それっていつぐらいの話ですか？　もしかしたらその後も独学で頑張って、原稿はデータで残ってるのかもしれない」

「そんなに前のことじゃないよ。病状がだいぶ悪化してからだから、去年くらいかな」

　去年？　僕は鞄から宮内彰吾の執筆メモを取り出して、確認した。

『透き』六百枚超えの記述は、たしかに三年前だ。

「あ、それ彰吾さんのメモ？　見せて見せて」と瑞希さんが身を乗り出してくるので、メモ帳を差し出した。

「すごい。あの人変なとこにマメだったよね。ああこれか、最後に六百枚も書いてる」

　瑞希さんの指が、日付の上をたどる。僕にとってはただの数字でも、彼女にとっては死者との記憶の跡だ。

「この時期なら手書きだと思う。病気してたにしてはけっこういいペースで書いてる」

「だから完成してるんじゃないかと思ったんです」

「ううん、四百字詰めで六百枚か。長編一冊ならこれくらいだけど」

「それに、最後の行に『校正?確認』ってありますよね。校正に出そうとしてたってことは脱稿してたんじゃないかと」

「じゃあワープロは清書のため?　でも清書なんてそれこそ人に頼めばいいわけだし」

　瑞希さんは眉根を寄せて嘆息する。

「校正に出そうとしたんじゃなくて、何か確認したいことがあっただけかもしれない」

　たしかに『校正?確認』という奇妙な表記からは、いくらでも可能性が考えられる。

「手書きで六百枚書いたけど完成度に自分で納得いかなくて、全部書き直したくなってワープロに移行しようとしたのかもしれませんよね」

「あり得るけど、でもその六百枚は捨てたりしないでしょう。書き直すときに参考にするためにもとっておくはず。その原稿は読んでみたい。探す価値はありそう。だれかに読んでもらおうと預けて、そのまま——かもしれない。私だったらよかったんだけど」

　そう、まさに僕もそれを期待して今日逢いにきたのだ。作家同士ならあり得る、と。

「……でもね。結局書き上げられなかったってことは、だれにも読ませたくなくなったのかもしれない。熱に浮かされて初稿を一気に書いた後で、自分で読み返して冷静になって、っていう。特に、自分がもうすぐ死ぬかもしれないってなったら、普通なら絶対に書いちゃいけないことを書いちゃう可能性もある。編集に渡す前に思いとどまって、六百枚ぜんぶゴミ箱にほうり込んだのかもしれない」

僕ははっとした。瑞希さんもまた――知っているんじゃないのか。宮内彰吾の罪を。

「……宮内先生から、聞かされてたんですか？　つまり……その、絶対に書いちゃいけないことを。たとえば、犯罪に関わることとか、それこそ殺人とかそれくらいの――」

瑞希さんはふっと深く息をついた。

「なあんだ。それも私だけに話したわけじゃないのか。わかってたことだけどね。特別な関係なんかじゃないってことと」

僕は恥ずかしくなって顔を伏せた。稚拙な知らない振りは、完全に見抜かれていた。

「ま、殺したのどうのってのも、ミステリ作家の言うことだからね」

力なく呟いて、万年筆を手のひらの中で転がす。

「小説の中で何人殺してきたかわかったもんじゃないし、あれも……そういうネタだったって思いたいけど」

思いたい、という言い方が引っかかった。そうではない空気があったということだ。

「白々しいこと言ってすみませんでした。人づてに聞いてました。でも、詳しいことは知らなくて、それで」

「べつにいいよ。私以外にも話してるってことはそんな重たい話じゃないんだろうし」

自嘲気味に瑞希さんは言って、万年筆をしまう。

でも、再び口を開くまでに間があった。軽い話なわけがないのだ。

「でも期待されても困るかな。私もそんな詳しい話を聞いたわけじゃないし。それに、もうだいぶ前のことだしね……」

「七尾坂さんは宮内先生から直接聞いたんですか？　その、むかし人を——っていう」

瑞希さんは睫毛を伏せてうなずく。

「彰吾さんが離婚した直後くらいだったかな。十年前か。二人で飲んでたときのこと」

語り始めたかと思いきや、瑞希さんはすぐに言葉を切って目をテーブルに這わせた。

ごめん、これけっこうえぐい話になるけどびっくりしないでね？　と僕の顔を見ながら断りを入れ、返事も待たずにまたすぐ語り出した。

「だれをどんな理由で殺そうとしたのかは聞いてないの。ただ、殺し方をものすごく具体的に教えてくれて。腹にえものを突き入れて、手足も胴体もばらばらにして、臓器ごと引きずり出して、とか。ミステリの話かと思って訊き返したら、現実の話だ、って」

なんというか——予想だにしない方向の話だった。これで驚くなという方が無理だ。

「彰吾さん、酔っても全然変わらないタイプだったから、そのときも本気で言っているように見えたのだけれど……結局のところ、未遂でしょう。どんなひどい殺し方でも、実行していないのならなんとでも言える。相手への憎悪がそれだけ強かった、という事実の表現に過ぎない。そういう意味ではフィクションの殺人の話とあまり変わらない。だから私も気にしないようにしてきた。これまでは」

宮内彰吾が死に、秘密が自分の独占ではなかったと知った今は、どうなのだろうか。

「最期になにか書いてた、ってなると、答え合わせしたくなるね。あの殺意が本物だったのか、いつものタフガイぶった演技だったのか。どちらでも——失望しそうだけど」

かわいた忍び笑いが言葉をくぎる。

「ただとにかく、自伝みたいなのとか、過ちの反省とか償いとか、そういうつまらないことは書いててほしくないかな」

小説家らしい意見だった。同意できなくもない。でも、酷な言い分である気もした。死ぬその瞬間まで小説家であり続けろ——ということなのだから。

化粧を落とすな、舞台の上で踊ったまま死ねと。

「私が話せるのはこれくらい。役に立たなくてごめん。またなにかあったら連絡して、喜んで協力するから」

私もそれ読んでみたいからね、と瑞希さんは呟いて、伝票を取り上げて席を立った。

瑞希さんと別れ、駅に戻ると、プラットフォームで電車を待っている間に松方朋晃に報告メールを書いた。

宮内先生は晩年ワープロを習得しようとしていた、と作家仲間の方から聞きました。原稿がデータで残っている可能性が出てきます。お宅にパソコンなどがないか、もう一度探してみてくれませんか。

そこまで文章を打ってから、指を止めて考える。人を殺しかけた、という話は、やはりまだ黙っているべきだろうか。

少なくとも、原稿を探す上で必要な情報ではないし——と思い、そのまま送信した。

裂くように冷たい風が線路を掃く。

『世界でいちばん透きとおった物語』——まだ題名しか知らない小説の事を、考える。

透きとおった、というのが、一つも隠し立てをしない、という意味だったとしたら。

僕はそれを読むべきだろうか。彼の側から語られる真実を知るべきだろうか？　それは要するに彼の自己弁護に耳を傾けるということだ。

『透きとおっ』ていない物語しか知らない今のままなら、僕にとって宮内彰吾は母を妊娠させて棄てた無責任な男として、うっすらとした軽蔑と分厚い無関心越しに遠く眺めるだけで済む。知ってしまえば、なにかしらの判断を下さなければいけなくなるのだ。

かじかんだ指をスマホといっしょにポケットに押し込み、うつむいて電車を待った。

第6章

週明け、霧子さんと飯田橋駅で待ち合わせ、有楽町線で護国寺に向かった。宮内彰吾の担当の中でもいちばんの古株の編集者がK社にいて、かなり最近まで宮内と原稿についてやりとりをしていたらしいので、霧子さんがアポイントをとってくれたのだ。その日の霧子さんは珍しくスカート着用だった。先方は年配のベテラン男性編集者とのことなので、相手の趣味に合わせたのかもしれなかった。

「付き添いまで、すみません。ありがたいですけど、いいんですか。仕事中なんじゃ」

「これも仕事ですから。松方朋晃さんは、もし遺稿が見つかればうちに任せてくださるとおっしゃってました。編集長も、燈真さんに全面協力するように言っておりました」

そう言ってもらえると救われるが。

一方で、あくまで職務上というのは残念でもあった。個人的な厚意でついてきてくれたなら、もっと嬉しかったのに。

しかし、こんな恥ずかしい子供じみた感情は、絶対に知られないようにしなければ。

「その編集さんもよく応じてくれましたね。他社の利益になるのに」

ふと思い至って僕は言う。霧子さんは微笑んだ。

「出版にはあまりそういう敵対意識はないですね。売れる本がよそで出ても、自社にとってはむしろ得です」

そんなものか、と思っている間に護国寺駅に着いた。K社は駅のすぐ目の前だった。

「やあやあどうもどうも。深町さんお久しぶりです。こちらははじめまして。ははあ御父上そっくりですねえ」

　K社エントランスで出迎えてくれたその五十がらみの男は、僕をしげしげ眺め回す。

「それじゃ、そこの喫茶店でお話ししましょうか」

　男は僕と霧子さんを連れてK社を出ると、向かいの喫茶店に入る。

　いかにも古風な内装の店だった。ソファとやたら丈の低いテーブル、むやみに多い観葉植物、統一感のない壁の絵画。

「すみませんね、一服したいもんで。社の喫煙室にお客さんを招くわけにもいかない」

　そう言って名刺を取り出してくる。

「あらためてはじめまして。東堂と申します。文芸第一で宮内彰吾先生の担当でした」

　ごま塩頭にコーデュロイのジャケット、目つきだけは油断なく鋭そうな男性だった。

「今日はわざわざありがとうございます。藤阪燈真です。はじめまして。ええと……僕の母が、宮内先生の、昔の知り合いというか、その」

「ああ、大丈夫です、存じております。というかお母様、藤阪恵美さん、うちでも何度か仕事をお願いしたことがありますからね。優秀な方でした。そういえば息子さんも素読み段階から手伝っていたとか。やはり校正のお仕事を？　ああ失礼ちがうんですか」

　東堂氏はたまに煙草を口に持っていく時以外ほとんど喋りを止めようとしなかった。

「藤阪恵美さんが宮内先生と――ってのは、わりとすぐ広まりましてね。あの頃たしか恵美さんはM社の事務バイトでしたっけ？　パーティのコンパニオンが足りないからって駆り出されたとかで。そこで先生に逢ったんでしたな。先生はまあ男前で手が早くてねえ。しかも恵美さん先生の大ファンだったんでしょう、そりゃそうなりますわな。あいや失礼、お母様のことなのに、こんな話をして」

「いや全然気にしないです。父に関わる事が聞けるならどんな話でもありがたいです」

僕のこの言葉はほぼ本心だった。色んな人に話を聞いて回っているうちに、僕は宮内彰吾のひどい一面を確認することに薄暗い満足感さえおぼえるようになっていたのだ。

東堂氏は眉毛をぴくぴく動かした。

「そうですか？　いや、はい、いい男だったのは間違いないです。ただ強すぎる光はつくる影も濃くなるといいますか」

「東堂さんはずっと宮内先生の担当をされていたのでしたっけ」と霧子さんが訊ねる。

「デビュー作からですな。ずっと担当というのは私くらいでしょう」

いくぶん柔らかく遠い目で東堂さんはつぶやく。

「担当編集ってのはどんなに長くても十五年くらいで変わるもんですが。編集者も出世しちまいますからね」

私は管理職なんてまっぴらなんで、わがまま言って続けてますが、と東堂氏は笑う。

「それでなくとも宮内先生の担当はどこの社も長続きしなかったですな。あの放埒さでは無理もないですが」

若い頃から世話になっている東堂氏にはさしもの宮内も頭が上がらなかったという。

「というか深町さん、まさか先生の担当じゃ――」

「いいえ。うちは高梨ですね」霧子さんの返答に、東堂氏は安堵する。

「よかった。深町さんみたいな若くておきれいな方を担当につけたらね、確実に先生は手を出していたはずですからね」

僕はうぇっと声を漏らしそうになってしまった。その事態は想像したくもなかった。

霧子さんは平然とうなずいて言う。

「わたしは仕事に私情は持ち込みませんから。先生とのお仕事、してみたかったです」

「たしかに深町さんくらいしっかりしていればね。でも実際に某社でありましたから」

東堂氏は興が乗ってきたのか、さっき火をつけたばかりの煙草を灰皿でねじり消して次の一本を取り出し、火をつけてから話を再開する。

「先生に気を回して若い美人編集をつけた会社があって、案の定先生とできてしまい、でもその娘が奥さんと別れろとか言い出したらしくてすぐに破局して会社もやめて結局先生もへそを曲げて書かずじまいで」――さすがに聞いていていて気分が悪くなってきた。

僕の表情で察したのか、東堂氏はわざとらしい咳払いを連発して話題を切り替えた。

「ああ、そう！　それで宮内先生の新作の件でしたね。すみません。いやもうお話を伺った時には年甲斐もなく興奮してしまいましてね。先生は身体悪くされてから全然書かなくなってましたし。闘病しながら何かものすごい構想の小説に取りかかっているようなことを何度か聞かされましたけれど、いやあほんとうに書かれてたんですねえ。ぜひとも出していただきたい。一読者として楽しみです」

「うちの編集長も目の色を変えていました。先生の大ファンでしたから」と霧子さん。

これだけ屑人間のエピソードがぼろぼろ出てくるのに、作家としての宮内彰吾の業界内評価はどこでも高いようだった。作品を悪く言う編集者は今のところ一人もいない。

「でも、原稿が見つからないんです」

「はいはいそれも伺いました。もちろん私も預かってません。葬式の時に朋晃さんから訊かれましたが心当たりもなく」

宮内彰吾は交友範囲も広く、外出先で執筆することも多くて——と東堂氏は話した。

「心当たりがないというより、ありすぎてわからないといいますか」

僕も頷く。交際していた女性も山ほどいるのだ。

「しかし深町さんから先日詳しい話を聞いてぴんとくるところがありましてね。執筆メモが残っていたとか」

僕は例の古ぼけたメモ帳を差し出した。受け取ってめくった東堂氏は、目を細める。

「三年前の六月。校正、確認。うん。これだ。この記述ですね。これ、多分ですが私のことじゃないかなあ」

僕は思わず腰を浮かせてメモ帳を逆から覗き込んだ。隣の霧子さんも身を乗り出す。

「校正を頼まれたのが、東堂さんだったんですか」

「いや、校正について相談を受けただけです。ちょっと奇妙な話で」

変わった相談内容だったのでよく憶えており、霧子さんが執筆メモの内容を伝えたことで記憶が合致したのだという。

「ゲラじゃなく製本した状態で校正をすることは可能か――と先生は訊いてきまして」

霧子さんは訝しげに小首を傾げる。

「それは――不思議な質問ですね。可能かどうかだけでいうなら可能ですけれど……」

「コストを度外視するなら。というかそのコストの問題からゲラで校正するんですが」

ゲラ刷りというのは内容チェックのための試し刷りだ。校正を重ねる度にいちいち製本していたのでは時間的にも費用的にも効率が悪い。

「宮内先生は完成度にとことんこだわる方でしたからね。もう存命の間に何冊出せるかわからない、という状態でしたし、絶対にミスのない初版本を出したいという意向なのかと思い、費用の問題から非常に難しいがやってやれないことは、と答えたんですが」

東堂氏は言葉を切り、やってきたコーヒーを一口だけ飲み、次の煙草に火をつけた。

「てっきり原稿はもうできているのかと思ったんです。だってそうでしょう、校正の話を持ち出されたんですから。ところが先生は作品自体は行き詰まっていて全然書き進められていないという。いくらでも待ちますよといって、その相談は終わりです。待ちましたよ。そりゃもう期待して。訃報を聞いたときには、やはり無理だったか、体調もそうとう悪かったと聞いていたし、と落胆しましたが」

沈んだ色の表情に、仄かな光がさす。指先が執筆メモの622という数字をたどる。

「書いてらっしゃったんですねえ。これ枚数ですよね？　六百二十二枚。私に相談してきたときにはすでにこれだけ書いてあったということですよね。嬉しいですねこれは」

「推敲で詰まっていたんでしょうか」

「かもしれません。でもとにかくどこかにこの六百二十二枚があるわけですよね。もし完成度に問題がないのであれば」

いやあ出せるのかな、出していいのかな、先生怒らないかな、と東堂氏はつぶやく。

「出すなというご遺志がないのであれば、出版できるかと思います」

霧子さんの言葉に、東堂氏は何度もうなずいた。

「これだけの枚数なら話は最後までできているんでしょうな。そこが一番肝要です。ラストが決まらないと」

「そう願います。宮内先生ならどういう作風にしろミステリ要素が入るでしょうから」

「先生は文章もいいですがやはりミステリとして超一流ですからな。その点はデビュー作から変わらずです」

「はい。あそこまで骨太な警察小説と本格推理を両立させられる作家はそういません」

なにやら濃厚なファン談義が始まってしまった。

黙りこくっていた僕に無用な気を回したのか東堂氏が訊いてくる。

「藤阪さんはお父様の作品だとどのあたりがお好きですかな、初期はハードボイルド風でしたが中期以降はより重厚に」

「いえ、すみません。一冊も読んだことがないんです。推理小説ってどうにも苦手で」

東堂氏は心底意外そうな顔になる。

「こりゃ失礼。お母様は大ファンでしたし、遺作を探されてるということでてっきり」

遺作を探している理由の半分は金のためで、もう半分はなんだか気になるから、だ。

宮内を作家として真剣に敬愛する二人の前では、こんな恥ずかしい理由は絶対に言えない。僕が口ごもっていると東堂氏は早口で続ける。

「ミステリが苦手とのことですが、宮内先生はミステリ初心者にもかなりおすすめですよ。まず人間ドラマとして秀逸です。文章も流麗で格調高く、といって身構えたところもない。それでいて本格ミステリマニアも唸らせる見事な伏線構築を見せてくれます」

マニアのそういうとこが苦手なんですよ——と僕は思わず言ってしまいそうになる。

「燈真さんも、横山秀夫や宮部みゆきはお好きでしたよね」と霧子さんが脇から言う。

「ええまあ、そのへんは楽しんで読めますよ。でもあんまりガチガチのやつ、いわゆる推理ゲームみたいなやつは好きじゃないですね」と僕は二人の顔を窺いながら言った。

「ははあ本格ミステリが苦手。わかります。外連味が強すぎるのでしょう。ここはいっそ古典中の古典から、それこそクイーンとかですね」

「エラリー・クイーンくらい古い方が素直に楽しめるかもしれませんね」と霧子さん。

「そうそう、現代はミステリには不便な時代ですからな。人命が尊重されているし科学捜査技術も進歩の極みですから探偵小説をやろうとするとなにかしら無理が出て——」

ミステリ講義に恐る恐る口を挟む。

「あの、はい、勉強しておきます。それで、話を戻して申し訳ないんですが、宮内先生の原稿に関しては、他になにか」

「ああそう、そうでした、また脇道に入って、すみませんね、つい熱くなってしまい」

東堂氏は手にしていた煙草をねじり消し、おしぼりで額を拭いた。

「といって、他にお役に立てそうな話といっても」

コーヒーを飲み干してから腕組みする東堂氏を見て、僕は思案する。ここで質問してしまうべきだろうか。

宮内彰吾が「人を殺しかけた」と言っていたこと。編集者にも話しているだろうか。

死者の秘密を言いふらして回っているようで気がとがめる一方で、今さら慎んでも、という気もしている。

なにしろ当人が、つきあっていた女性（しかも複数人）に喋ってしまっているのだ。

「あの、これはあちこちから聞いた話なんですが」

僕は慎重に言葉を選んで話し始めた。東堂氏はすぐに眉を上げる。

「ああ、はい、先生から聞いたことがあります。酒の席でしたが、ずいぶん真面目くさっていて驚いた憶えがあります」

なんでもなさそうに言うので、僕はかなり失望していた。この人にも話してるのか。大して重要な話ではない――のか。

「しかしあれは先生ご本人の、実際のお話ですよね。小説の話ではなかったはずです」

「いやそれが、遺作と関係あるようなことを言っていたらしいんです。罪がどうとか」

「おや？　そうなんですか。いや、聞いたのはずいぶん前なので――」と東堂氏は言って、煙草の空箱を握り潰し、次の一箱の封を切った。

「十年、いや二十年前？　出版社がまだパーティをぼんぼんやってた頃ですよ。二次会で先生と飲んでるときに言われましたね。人を殺そうとしたことがある、って。しかし推理作家なんてみんなそういう話をしますからねえ。当時は気にしていませんでした」

「作り話だったたって事ですか？」僕は内心の落胆を表に出さないように努めて訊ねた。

「いや、本物の殺意だったと私は思いましたよ。だれかを殺したいほど憎むこと自体は珍しい話でもないです。実際に殺すには深い谷を飛び越えなきゃならんが、先生は手前で踏みとどまったわけですよ。だから小説にも書けた――という事ですかね。そうすると自伝とか回顧録みたいな話なんでしょうか。作中なら踏みとどまらないかもしれませんな。全部本当のことを書く必要もないわけですし」

話し方からして、この人も罪の悔悛なんて読みたくないのだろうな、と僕は思った。

「先生は具体的に――どなたかの名前を出しておられましたか」と霧子さんが訊ねた。だれを殺そうとしたのか、という事だろう。さすがにはっきり言葉にしづらいらしい。

東堂氏は口をすぼめて首を振った。

「いえ……ああ、でも、殺しを思いとどまったわけは言ってましたよ。かみさんがやめてくれと泣いて頼んできた、と」

僕は東堂氏のかさついた唇を見つめ、それから隣の霧子さんの表情を横目で窺った。

「だからまあ、家庭内の問題でしょうかな。一番よくあるやつです」

家庭内殺人。妻に懇願されて、殺すのをやめた。

「現実はどうあれ、遺作ではもう少しスケールが大きい話を期待したいですな。不謹慎きわまりないですが」

そう呟いて東堂氏は煙草を揉み消した。その目には熱っぽいさみしさが灯っていた。

喫茶店を出て東堂氏と別れた後で、霧子さんが「ちょうどお昼時ですからご一緒にどうですか」と言った。

あまりにも驚いたので「僕とですか？」なんて当たり前の事を訊き返してしまった。

護国寺には飲食店が少なく、ファミレスに入る。

二人ともが注文を終えたところで、霧子さんは息をついて言った。

「原稿を探すためとはいえ――亡くなった方の秘密を暴いて回っているようで、申し訳なさでつらいものがありますね」

「霧子さんでもそう感じるんですね。面白い小説を出すためならなんでもする人かと」

僕の指摘に霧子さんははにかんだ。

「なんでもするということと、精神的負担を感じるかどうかはまた別問題ですからね」

なんでもするのは否定しないんだな、と僕は内心苦笑する。軽口で言ったのだけど。

「けれど先ほどの東堂さんのお話、もし遺稿に先生のご家族に関わることが書かれているとなると、朋晃さんが出版を断念されるかも……」

「それは僕も思いました。というか、殺しかけたのどうのっていう話、まだ息子さんに伝えてないんですよね。遺稿と関係があるかどうかもわからないし、出版取りやめならまだいいですけど、都合の悪いところだけ削って出そう、とか言い出さないか心配で」

僕の言葉を聞いた霧子さんは目を見張り、それから真面目な顔で何度もうなずいた。

「燈真さんの言う通りそちらを心配するべきでした。守るべきは物語の面白さなのに、出版できるかどうかにしか考えが向かないなんて編集者失格です。つまらない改変をされて出版されるくらいなら闇に葬られた方がましですね」なんてことを言い出すので僕は慌てる。そんなつもりで言ったんじゃない。知り合った頃からそうだけど、この人、小説愛に関してはちょっと度しがたいところがある。

「まあ、その話は原稿が見つかってからで……面白いかどうかもまだわかりませんし」

「面白くないわけがありません。宮内先生ですよ？」と霧子さんは不機嫌そうになる。普段あれだけ折り目正しいのに好きな小説が絡むと途端に子供っぽくなるのが面白い。

僕は――こんなに熱くはなれない。

本や映画やゲームに夢中になっても、そのとき限りで消費するだけだ。語る言葉も、掘り下げる鶴嘴（つるはし）も持っていない。

だから霧子さんのこういう面に触れるのは、羨ましさで痛痒くも心地よくもあった。

「面白くないと自分でもわかっている話を、六百枚も書けませんよ」

なるほど。それは一理あった。しかし、と思う。

「自分で満足いってたら、六百枚書き上がったところで出版社に送りますよね。できがよくなかったのかも」

「それでもプロットは確実に面白いはずです。ミステリはやはりプロットが肝ですし」

「さっき東堂さんもそんなことを言ってましたね。文章よりミステリとしてラストが決まってないと、って」

「文章ももちろん重要ですけれど、やはりミステリは解決編に至る論理展開が命です」

その点、宮内先生は毎回趣向を凝らした筋で——

と、またも語り出そうとした霧子さん、僕を見てはっと口ごもる。

「申し訳ありません。さっきも今もミステリ話で勝手に盛り上がってしまい。燈真さんはミステリが苦手なんでしたね」

「いや、霧子さんが楽しそうに話すところを見られたので僕としても嬉しかったです」

思わずぽろっと本音が出てしまう。

「僕も、原稿を探してるんだからミステリをもっと勉強しなきゃとは思うんですけど」

「読みたいから読む、が小説の幸せな読み方だと思います」と霧子さんはほほえんだ。

それはそうかもしれない。勉強のために苦手なものを読むなんて自分にも小説にも失礼だ。それに、本格ミステリは苦手というよりも——

「古風なミステリって解決編の前に『読者への挑戦』がついてるじゃないですか。あれにいやな思い出があるんですよ。子供の頃に読んだ本の『読者への挑戦』ページに真犯人がそのまま書いてあってほんとにがっかりしたんです。そこまでは面白かったのに」

「悪戯（いたずら）書きされていたという事ですか？　図書館の本などでたまにあるそうですけど」

「いや、そうじゃなくて——普通はそういう本って、問題文ページをめくった後に答えを書きますよね。その本は『読者への挑戦』のページにそのまま話の続きが書いてあって真犯人を探偵が大いばりで指摘してるんですよ。児童小説だったんですけどね、さすがに小学生相手でもこれはないなって思いました。入院中に解決編手前まで読んでて、退院後すごく楽しみにしてたので余計にがっかりで」

本格ミステリ全般に理解がない無粋人間だと思われたくなくて、つい饒舌になった。

「不思議なお話ですね。たとえ児童向けでもそんな不親切な本作りをするものでしょうか。ミステリ愛好者としても編集者としても許容できません。なんという題名ですか」

霧子さんは強い口調で訊いてくる。

「よく憶えてないんです。母が買ってきてくれた本だし。たしか、新刊でしたね。主人公が魔法使いの少年で、探偵で」

児童向けファンタジーだったのだけれど、殺人が起きて魔法で捜査をしていたっけ。

「それは『魔法使いタタ』ではありませんか」と霧子さんが言った。

「ああっ、それです。今のでよくわかりましたね」

さすが一流編集者だ。児童書にまで詳しいとは。霧子さんはスマホを操作し、画面をこちらに向けてくる。

青髪の怜悧そうな美少年が描かれた書影。タイトルも著者名も『魔法使いタタ』だ。

「これですこれです。絵で完全に思い出しました。……ってこれ電書ですか？　わざわざ今買ったんですか」

「いえ、もともと持っていました。純粋にミステリとしても評価が高い作品ですから」

　ということは霧子さんも読んだことがあるのか。

　まずいぞ。目の前でだいぶ酷い難癖をつけてしまったじゃないか。

　霧子さんは画面を僕に向けたまま反対側から操作してページを一気に最終章まで飛ばした。そこから、二ページ戻す。

「……『読者への挑戦』はここですね。ちゃんと改頁されて解決編に入っていますね」

　完全に霧子さんの言う通りだった。

「ええと……あれ？　じゃあ、記憶違いですかね……小学生だったし……すみません」

　僕は縮こまる。まったくの勘違いからミステリの伝統手法に文句をつけてしまった。

「勢いでまとめてページをめくっちゃって文章が目に入っちゃったとかそういう間抜けな話だと思います。本のせいにして申し訳ない……」

「それならいいのですけれど」と霧子さんは言いつつ、まだ電書のページをめくってあちこち読み返している。僕としてはせっかくの霧子さんとの食事の時間に自分の迂闊さを反省させられるこんな話題は続けたくなかった。もっと楽しい話だけをしていたい。

「お母様の選書ですか。きっと燈真さんをミステリ好きに育てたかったんでしょうね」

「そうかもしれないです。お互いに好みが全然合わなかったんですよね。だから自分の好きな本を薦めて面白いって言わせたら勝ち、みたいな。僕が『タタ』にがっかりしたって言ったときも、ほんとに残念そうにしてました」と言ってしまってから、自分で話題を戻していることに気づく。なにやってるんだ僕は。でもそのときちょうど注文した料理がやってきたので一区切りつけることができた。

「我が子と本の話に興じられるなんて幸せですね。恵美さんもいつも自慢してました」

パスタを口に運びながら霧子さんが言うので僕は驚く。自慢って、僕のどのへんを？

「燈真さんを、というよりも、そういう環境にいられる自分を、という感じでしたね」

「はあ。なんだか複雑な気持ちです」

「羨ましいです。わたしは本の話ができる友人がいなかったので。逆に今は周囲が本の話をする人間ばかりですけれど」

どうしても仕事の話になってしまいますから、と霧子さんはさみしげに笑って言う。

不意に、霧子さんの顔を見ていられなくなった。僕は目を伏せた。

そういう話ができる人は、僕にも、もういない。

灰になってどこかの海にばらまかれてしまった。目の光も声も薄らいで、やがて思い出せなくなるだろう。

訪れたしばらくの沈黙の中で、スプーンやフォークが皿を掻く音が白々しく続いた。

「……申し訳ありません。わたし、つい恵美さんのことを普通に話してしまうのですけれど、ひょっとして」

「いえ、気にしてないですよ。ほんとうです。むしろ話してくれた方がうれしいです」

僕は慌てて食い気味に言った。嘘ではなかった。

「霧子さんにそういう気を遣われた方が僕としてはショックですし」

うまく言えない。いっそ母の死なんて全然こたえてないですよ、と言いそうになるけれど、さすがにそれは酷すぎる。

「そうですか。燈真さんがそう言ってくださると、わたしも安心できるのですけれど」

沈んだ口調で霧子さんはつぶやく。

「燈真さんが、その、……いつもしっかりしているので、ついなんともないみたいに」

しっかりしている、か。意図はまあわかるけれど、なんとももどかしい表現だった。

たぶん『肉親の死を気に病んでいない冷血漢』みたいな責めるニュアンスが絶対に出ないようにと、慎重に言葉を選んでくれたのだろう。

「あんまり、いなくなった、って感じがしないんですよ。なんでだろう。もともと片親だったからですかね。両親ともいたなら、どっちか死んだときに残ってる方を見て家族が欠けたんだなって実感できるのかもしれませんけど、うちは母しかいなかったので」

必要以上に説明的な喋り方になっているのは、うまく説明できていない証拠だった。

「たとえば『ぽっかり穴があいたみたい』とかよくいうじゃないですか。あれともちがうんですよね。もとから二人だけの家で一人いなくなったら、それはもう『穴』じゃなくて天井がなくなっちゃったみたいなもんで、それでも当座の生活には困らないからそのままなんとなく暮らしてて、雨が降ったら困りますけど今のところ降ってないし、みたいな……ああ、すみませんわけわかんないですね」

呑み込みやすい表現にしようとすると、歯応えの全くない脂身みたいな言葉になる。といって、深刻すぎないようにと心がけると薄く潰れて吹き飛ばされてしまうのだ。二年間ずっと未整理のまま放置してきた気持ちなんて、そううまく言い表せはしない。

でも霧子さんはうなずいてくれる。

「燈真さんは、言葉で心臓を刺せる人ですね」といきなり言うのでこっちが混乱してくる。まったく意味がわからない。

これまた、角が立たないように、なにか遠回しに選んでくれた言い方なのだろうか。

「ええと、とにかく、霧子さんが母のことを話してくれるのは――」

僕はしどろもどろになりながらもなんとか言う。

「ありがたいですし、知らない面を聞けるのは面白いし、はい、とにかく、今後ともよろしくお願いします」

「はい。わかりました。わたしもうれしいです」と霧子さんはようやく笑ってくれた。

食事を終えて霧子さんと別れ、帰宅すると、さんざん迷ってから松方朋晃に電話をかけた。気が重かった。

宮内彰吾が人を殺しかけて云々、の件を遅まきながら報告する。案の定、怒られた。

『そんな大事な話、なぜもっと早く言わなかった』

俺はクライアントだぞ、と責められる。これには返す言葉もない。

「はい。すみませんでした。それで……その東堂さんの話によれば、殺そうとしたのを止めたのが奥さんらしいんです」

電話口の向こうで松方はいきなり黙り込んだ。顔が見えないので怖い。手が汗ばむ。

考え中なのか、まだ怒ってるのか。

『……お袋が？　ってことは原稿についてもお袋がなにか知ってるかもしれないのか』

「その可能性はありますね」と僕は内心安堵しつつ答えた。もう怒っていないようだ。

松方朋晃は舌打ちし、また黙り込んだ。今度は考え事をしているのがはっきりわかった。わざとらしいため息の後で彼は嫌そうに言った。

『しかたないから俺がお袋に話を聞きにいくよ。あんたが行くわけにもいかないだろ。いくつかついでの用事もあるし。なにを訊けばいいかまとめてメールしておいてくれ』

「助かります」と僕は言って通話を切った。自分が礼を言うことじゃない気はしたが。

せっかく霧子さんと会食できた日なのに、今の通話のせいで余韻がぶち壊しだった。

第7章

　三日後、松方朋晃に呼び出され、僕はふたたび高輪に赴いた。朝から晴れ上がっていたけれど冷え込みのきつい日で、電車を待っている間に風に晒されていた耳が、暖房の効いた車内に入ったとたんに膨れ上がったように痛み出す。もう三月も半ばだ。年度内に原稿が見つからなければ出版をあきらめる――と松方は言っていた。見通しはあまり明るくない。材料は増えたけれど絞り込めていない。

　このまま期限切れになったら、僕はどうしよう。半金はもらえなくなるわけだけど。自腹で探し続けたい気持ちはあった。好奇心もあり、霧子さんと定期的に連絡をとる口実になる、という不純な動機もあった。色んな人に話を聞けるのも面白くはあった。ただ、僕にも書店のバイトがある。遊んで暮らせる貯金があるわけでもない。なんの実入りもない調査に時間や交通費を注ぎ込み続けるのは厳しかった。

　まあ、その時がきたら考えよう。今はまだ松方朋晃に諸経費を請求できるのだから。

　高輪の六階建てマンションに着き、インタフォンで彼を呼び出す。

　僕を出迎えた松方は、ひどく不機嫌そうだった。

「最悪だった。あんなのが母親かと思うと吐き気がしてくる。こんな事ならあんたを行かせりゃよかったよ」

　何があったのか知らないが、無茶苦茶を言う人だった。早くも帰りたくなってくる。

話を聞けなかったのかと訊ねると、話は聞けたが話にならなかったと彼は答える。意味がわからなかった。

まずは部屋にあがらせてもらう。このあいだ来たときよりもさらに散らかっている。

「殺そうとしたのどうのって件をまず訊いてみた」

ソファに腰を下ろした松方は缶ビール片手に苦々しそうに言った。

「何も知らないっていう。しかも事情を話したら印税よこせって言ってきた。金のことしか考えてないんだ、あの女は」

あなたもひとのこと言えないのでは？　という指摘を僕はぐっと呑み込んで収めた。

松方はビールを飲みながら続ける。

「そんな権利ないって言ったら、離婚の時に慰謝料もらってないから、とか言うんだ」

「慰謝料もらってない？　だって僕の母が宮内先生にいくらかずつ払ってましたよね」

「さあ。慰謝料を立て替えたんじゃなく、単に親父があんたの母親に金をせびってただけかもしれない。金に困ってたみたいだったからな」

《フジサカ　メグミ》からの、金額も時期もまちまちな入金の羅列を思い出す。母はフリーランスの校正者だ。収入は決して多くない。数ヶ月に一度の何万円かの出費だって軽くはなかったはずだ。せびっていた？　胃の底がじんわりと怒りで熱くなってくる。

「おまけに親父は目黒の家の売却額をごまかしてたらしいんだ。分与で得するように」

それじゃあ——あの、不動産会社らしきところからいきなり一千万円振り込まれていた口座は、財産分与をごまかして金を抜くために作ったのか。後ろ暗い口座だから強請(ゆすり)の受け口としてもそのまま使っていたのか？　いや、決めつけてはだめか。元妻と息子が証言しているだけだ。死者は法廷にも立てないし弁護人も呼べないのだから。でもいやらしい想像の延焼は自分では止めようがなかった。

生前、母は常々言っていた。宮内先生に迷惑がかかるから一切関わりません——と。あれは実は、関わりたくない、という意味だったのではないだろうか。要求されるから金だけは払うが、それ以外に何の関係も持ちたくない、と。もしそうだとしたら——母があまりにもあわれな女だった。

自分の親がそんな愚かな人間だとは思いたくなかった。しかし考えてみれば不倫なてしている時点ですでに愚かだ。

「——あの女は昔から過干渉で、ひとの携帯とか財布とか勝手に見るし、しつこくて」

松方はまだ話し続けていたが、考え事のせいで聞いていなかった。

「説教と愚痴だったよ、ほとんど。話にならない」

空けた缶を凹ませてゴミ箱に投げると、次の一本を取ってプルタブをあげる。声がすでにざらついている。

「だから収穫はゼロだ。新しい情報はなんにもなかった。まったくの無駄足だったよ」

その話をするためだけに僕を呼び出したの？　僕も無駄足なんだけど、同じ目に遭わせてやろうってこと？

喉元まで出かかった辛辣な言葉を飲み下す。でも表情には出てしまっていたようだ。

「まあそれだけじゃない。見つかったものがある」

松方は気まずそうに言って缶をテーブルに置くと、立ち上がった。

書斎から戻ってきた松方は、紙束を僕に差し出してきた。びっしり並んだ枡目。原稿用紙――に見える。いや、でも。

普通の四百字詰め原稿用紙ではなかった。まず紙のサイズが大きい。Ｂ３だろうか。あわせて、枡目も異様なほど多い。

「なんですかこれ。原稿用紙……ですか？　こんなにでかいの見たことないですけど」

「わからん。親父の部屋の押し入れから出てきた」と松方は書斎の戸を顎でしゃくる。

「前から見つけてたんだけどな、全部白紙だったから無視してたんだ。でも校正がどうのって話を聞いて、関係あるんじゃないかと思って」

「いや、校正でこんなの使いませんけど」と僕はあきれる。しかし、あらためてよくよく見てみると、その謎の原稿用紙の文字数はだいたい本の見開き一枚くらいだ。これは清書用？　実際に本になったときの版面を想定して文章を並べるためのものだろうか。

「そうなのか。俺は出版には詳しくないから知らんが。どうもそれ手作りっぽいんだ」

「ああ、たしかに。ところどころ線がはみ出したりにじんだりしてますね。紙もコピー用紙みたいだし。定規使って書いたのをたくさんコピーしただけか。宮内先生が自分で作ったってことでしょうか。この大きさと文字数の原稿用紙なんて市販されてないし。見つかったのは白紙のものだけですか、文章が書いてあるやつは？　先生がこれ使ってなにか書いているところは見たことありませんか？」

「そんなのがあるならそっちを見せてるよ。見つかったのはそれだけで、全部白紙だ」

うんざりした顔で松方は言った。まるで僕の方がつまらない用件で呼び出して価値のない話を聞かせたみたいな態度だった。よくここまで人を不愉快にさせられるものだ。

「いつ頃のものかもわかりませんか」

「さあ。俺が親父の部屋に入ったのなんて死んでからだからな。編集にこれ見せて訊けばなにかわかるんじゃないのか」

たしかに、実際この用紙で書かれた原稿を預かったという編集がいるかもしれない。

「じゃあこれ、一枚もらっていってもいいですか。見せて回ります」

「ああ。今度は何かわかったらすぐ俺に報せろよ」

僕が殺人未遂の件をしばらく黙っていた事をよほど根に持っているようだった。ここは素直に謝っておく。

長居しているとまた母親への愚痴がぶり返しそうだったので、僕は松方邸を辞した。

帰宅してすぐに異変に気づいた。玄関の鍵が開いているのだ。いつも出かけるときにロックしているのに。

かけ忘れた？　記憶を反芻しながら部屋に上がるとさらに違和感が押し寄せてくる。物の位置が出かける前とあちこち変わっている。

テーブルの上のペットボトルとマグカップが端に寄せられている。床に投げ出してあったバッグが椅子の下まで押し込まれている。巻いてあったヘッドフォンのコードがほどけている。

わずかな変化ばかりだ。でも独り暮らしで、物が少ない家なのだ。気づいてしまう。外出中、だれかが家に入った……？

「だれかいるんですか？」と大声を出してみる。しんとした静寂が横たわるばかりだ。空き巣か何かが室内にまだいて出会い頭に錯乱して襲われる、というのが怖かった。台所、風呂場、寝室、と見ていく。だれもいない。気のせいだろうか。居間に戻ってあらためて見回す。やっぱり出かけたときとちがう。

「管理人さん？　ですか？　なにかありましたか？」とあらためて声を出す。僕以外にこの部屋の鍵を開けて入ることができるのはマンションの管理人だけだ。点検かなにかの用事があったのかもしれない。でもなんの反応もなかった。寒気が忍び寄ってくる。

管理人室に電話をかけ、うちに立ち入る用があったかと確認する。ない、との返事。

なくなった物がないかどうかたしかめた。といっても我が家に金目の物なんてほとんどない。通帳は無事だった。母の部屋の机の引き出しだ。でも、引き出しの中も掻き回した形跡がある。棚の本やファイルも、ところどころ出っぱっている。積んであった手紙類も順番が変わっている気がする。やはり空き巣だろうか。いちばん高価なものというとたぶんノートPCだけれど、これは無事だった。

何も盗られていないのか。ダイニングの椅子に腰を下ろし、ボトルの水を飲み干す。ろくでもない土曜日になってしまった。ほんと、出かけなきゃよかった。高輪くんだりまで行って松方朋晃に親の悪口を聞かされ、帰ってきたら泥棒に入られているとは。

被害がなかったのが不幸中の幸い。

そこではっと気づき、自分の寝室に飛び込む。机の上、PCの脇。スピーカーとマウスとペン立てと頭痛薬——だけ。

ない。宮内彰吾の執筆メモと携帯電話が、ない。たしかにここに置いたはずなのに。

引き出し、机の下、ゴミ箱の中、あちこち探した。見つからない。

深呼吸して気分を落ち着け、思い出そうとする。

たしかに机の上に置いていたはずだ。盗まれた？　だれが、どういう目的であんなものを盗んでいくんだ？

宮内の遺稿を僕が探していると——知っている何者か、だ。他に考えられなかった。

霧子さんに電話で相談するとすぐに来てくれた。休日なので遠慮したのだけれど、どうしてもと言うのだ。

「警察には連絡しましたか？　管理人さんには？　鍵は今すぐにでも交換しましょう」

霧子さんは青ざめた顔でそうまくし立ててくる。

「大したものは盗まれてないので、警察には……そこまで大事じゃ」

「とにかく鍵は交換してください。不用心です。防犯カメラはないんですか？　オートロックではないようですけれど」

「なにぶん古いマンションなので……。母がここを買ったの、僕が産まれる前ですよ」

賃貸ならよそに引っ越すのだけど。

「管理人さんに頼んで注意喚起の貼り紙を出しましょう。それだけでも効果あります」

まごまごしている僕に代わって霧子さんが管理人に話をつけてくれた。頭が下がる。

落ち着いたところで、温かいお茶を出して二人で一息つく。これまでのことを一通り霧子さんに報告した。彼女はしばらく思案顔になる。

「執筆メモと携帯だけを盗んだとなると、容疑者はだいぶ限られてきますね。メモを見せた出版関係者。これまで燈真さんが逢ってきた人ですね。それから先生がお付き合いしていた女性にもメモを見せたんでしたっけ。それに、盗んだ動機がなんなのか……」

僕と同じ目的を持つ人間？　僕よりも先に宮内彰吾の遺稿を見つけようとしている？

そんなこととしてなんになるんだ。著作権を持っている松方朋晃だから原稿を金に換えられるのであって、他人が盗んだところで無価値なんだぞ。文字通りの《盗作》として自分名義で出版するため？　そうそううまく売れるものとは思えない。あるいは出版させないように妨害しているのか？　原稿に不都合なことが書かれていると知っている人間の仕業か。わからない。不透明なことが多すぎる。

頭痛が始まっていた。湯気を立てるマグカップにかじりついても身体が温まらない。さんざんな土曜日だった。松方朋晃にもうんざりしたし、宮内彰吾にも怒りを覚え始めていた。霧子さんと顔を合わせられたことも嬉しさより申し訳なさが先に立つし——

霧子さんが目の前にいるんだった！

「……す、すみません、せっかく来てもらって色々してもらったのにいきなり黙り込んじゃって」と僕は焦って言った。

「いいえ。燈真さんもお疲れでしょう。書店の仕事が休みの日は原稿探し、ですから」

「ああ、そういう面で疲れているわけではないと言うか、その……」

僕は言葉に迷いながらも松方邸での事を話した。

宮内彰吾に対して僕が抱き始めた怒りを、口に出すのは憚られた。でも霧子さんに隠し事はしにくかった。

「慰謝料を？　……分与ごまかしですか。それでその口座に……」と霧子さんは呟く。

「いや、あの、お金のことは松方さんが一方的に言っていたことですし、そんなに大事なことでもないかと」

「いえ、ここは大切な点です。それで燈真さんは遺稿を探す気をなくされたりとか？」

「それはないです。というかむしろ積極的に――」

見てやりたい、と思うようになった。この気持ちは説明しづらい。

わがままの限りを尽くして周囲に迷惑をかけ続けた父が、最期になにを書き遺したのか、是非とも見届けてやりたい。

好奇心ではないし、父の遺志を汲んでやろうという思いでもない。もっと下世話だ。瘡蓋(かさぶた)を剥がしたい気持ち、に近い。

『世界でいちばん透きとおった物語』なんてラベルをどんな綺麗事に貼り付けたのか。暴いてやりたい。もし自己弁護の欺瞞にまみれた物語だったら――笑ってやりたい。

「そうですか。理由はどうあれ、よかったです」と霧子さんは微笑む。鋭い人なので、僕の薄汚い本心はしっかり見抜かれている気がした。

「盗難も、だれが犯人かわかりませんけど、もし遺稿が目当てなら、そうまでするほどのものだってことですよね。絶対に見つけてやるって気分になってきましたよ。純粋に読者として楽しみ、っていう霧子さんの気持ちとは、ずいぶんちがうと思いますけど」

「お手伝いのし甲斐があります。それで、今後の調査方針はもう決めてあるんですか」

「あ、はい。とりあえず、宮内先生がつきあっていた女性、あと一人アポとってあるので話聞いてきます。女優さんらしいので忙しくて来週にならないと逢えないんですよ。それから先生が入院していたホスピスのケアラーの人、そちらもすごい忙しい人なので月末くらいにならないと時間とれないらしいんですけど、話を聞いてきます。あとは、そうだ、松方さんに預かってきたものがあるんです」

僕は例の紙を取り出し、推測も添えて説明する。霧子さんは受け取ってうなずいた。

「たしかに……。本になったときのレイアウトそのままで執筆するという先生はけっこういらっしゃいますけど、手書きでやろうとするとこういう用紙が必要になりますね」

現役編集者が言うと納得度が増す。

「ただ、原稿用紙にしてはおかしな点があって。先程気づいたんですけど、ところどころ線が太くしてあるんですよね」

僕は紙面上を指さした。枡目と枡目の境目の横棒が、わずかに太い箇所があるのだ。

「よく気づきましたね燈真さん。言われないと気づきませんでした」

霧子さんは感心して目を見張る。実に面映ゆい。

「最初は、手製だから線がガタついてるだけかと思ったんですけど。太いペンにわざわざ換えてるみたいで」

紙面上に十数カ所、太線がばらばらに点在している。作りかけのあみだ籤(くじ)みたいだ。

「……2行目……11文字目。……4行目、24文字目。……5行目、32文字目。どういう法則でしょうか……」

霧子さんは枡目を指でたどってわざわざ太線の位置を数えている。まめな人なのだ。

「位置はばらばらで、法則はないように見え——」

僕の言葉を遮って霧子さんは用紙を二つ折りにして、持ち上げた。

「左右対称の位置にありますね。真ん中で折ると、太線の位置がぴったり重なります。透かして見るとよくわかります」

言われてみればその通りだった。この人もこの人で細かい所によく気がつくものだ。

しかし霧子さんもそこまでだった。

「今のところはそれしかわかりませんね。何の意図なのか、そもそも意図的なのかも」

たたんだ紙をまた広げ、上下をひっくり返したり、裏返したり、矯めつ眇めつする。

「遺稿を書くのに使ったのかも、そもそも原稿用紙なのかもわからないんですよ。作った時期も不明なのでひょっとすると全然無関係かも」

「わたしのできる範囲で確認してみます。うちの高梨は長いこと宮内先生の担当ですからなにか知っているかもしれませんし、この間の東堂さんとか、他にも各社の宮内先生担当に話を——ああそうだ、この用紙、コピーとらせていただいてもかまいませんか」

「はい。というか現物を霧子さんが持ってってってください。僕は調べるあてもないので」

「わかりました。お預かりします。それでは燈真さん、今日はお休みのところをどうもお邪魔いたしました」と霧子さんは言って立ち上がった。こっちが恐縮してしまう。休みを邪魔してしまったのは僕の方だ。週三書店バイトにとっての休日と大手出版社文芸編集者にとってのそれでは価値がちがいすぎるだろう。申し訳なさのあまり口が滑る。

「僕の方こそ。こんど夕食でもおごらせてください」

「いいんですか。嬉しいです。それではいきなりですけれど今日だと都合が良いです」

ほんとうにいきなりだったので僕はのけぞった。もちろん社交辞令で言ったわけではなく本当にご馳走したい気持ちだったのだが、心の準備がまったくできていなかった。

「今日ですか、はい、じゃあ、その」

「でも、まだ夕食という時間ではありませんね。どこで食べる予定かお決まりですか。その近くに書店などあれば——」

霧子さんが平然とした顔で話を進めていくので焦っていると、僕のスマホが鳴った。

七尾坂瑞希さんからだった。宮内彰吾の愛人だった例の作家さん。

ちょっとすみません、と霧子さんに頭を下げる。

『七尾坂です。突然電話してごめんなさいね。あれから彰吾さんのこと知り合いに訊いてまわったんだけど』

「ありがとうございます、そこまでしてもらえるなんて。なにかわかったんですか？」

『彰吾さん、推協の理事会にすごい久々に顔出したんだって。わりと最近、去年の夏くらいのことらしくて』

作家の集まりに顔を出した？　去年の夏というと病状がだいぶ悪くなっていた頃だ。

『そのときに執筆に関係するような話してたって』

「ほんとですか。そのときいた人、どなたかに話を聞けませんか？」

『協会の事務をまとめてる評論家先生がいて、その人と逢う約束してあるの。今日これからなんだけど一緒にどうかな』

今日これから？　またもやハイスピードすぎる話の進展に僕は軽い目眩をおぼえた。

「ええと今日は、すみません来客が」

「わたしならかまいませんから、またの日で」と霧子さんが声をほぼ出さずに言った。

それはそれで困る。霧子さんは忙しいからまたの日なんていつになるかわからない。

そこでふと思いつき、電話の向こうの瑞希さんにちょっとすみませんと断って、霧子さんに事情を話し、一緒に行かないかと持ちかけた。

「七尾坂先生ですか。存じております。わたしもご一緒していいのですか。はい、直接お話を伺えるのでしたらぜひ、お邪魔させていただきます。今からですとちょうどよく用事を済ませた頃に夕食時になりそうですね。お土産は駅で買っていきましょうか？」

なにもかもがテンポ良く決まっていき、提案した自分もちょっと怖いくらいだった。

第8章

推理小説協会の事務所が入っているのは、南青山（みなみあおやま）のちょっとレトロな造りのマンションだった。上層階の道路に面した部分が段々になった特徴的な形をしていて遠目でもすぐにわかった。瑞希さんとは現地での待ち合わせだったので見つけやすい建物なのは助かった。駐車場前で僕らを待っていた瑞希さんは、淡いベージュのスプリングコートに白のスラックス。この間よりもずいぶん若く見えた。

「七尾坂先生、ご無沙汰しています。S社の深町です」と霧子さんがまず挨拶をする。

「深町さんお久しぶり。彰吾さんの担当だったっけ、あれ、ちがうよね、担当はずっと高梨さんじゃなかった？　どうして原稿探し手伝ってるの、個人的趣味かなやっぱり」

瑞希さんは気安そうに訊ねてくる。

「藤阪恵美さんとよくお仕事をさせていただいた縁なんです。でももちろん個人的に読みたいからというのもあります」

霧子さんの答えに、瑞希さんは気持ちよく笑った。それからエントランスに向かう。

「今日は本当にありがとうございます。まさか即日とは思わなくて」

エレベーターを待つ間に瑞希さんに頭を下げる。

「いいの、私もついでの用があったし。あと、向こうも渡したい物があったみたいで、ちょうどよかったよ」

「渡したい物？　協会の人が――僕にですか？」心当たりがまったくないので驚いた。

協会の事務所は、まったく普通のマンションの一室だった。小さな表札に推理小説協会と書いてあるだけ。

「いらっしゃい！　七尾坂先生お久しぶりですね！　散らかってますけど、どうぞ！」

出迎えてくれたのは二十代くらいの男性だった。

「深町さん俺のこと憶えてます？　去年S社の忘年会で師匠と——」

たいへん軽いノリで喋りながら僕らを中に案内してくれる。リビングに入ると右手奥のドアから別の男性が顔を出す。

「ああどうもいらっしゃい。三沢君、お茶は私が出すから作業に戻っちゃっていいよ」

「いいんですか、それじゃ失礼して」

「どうぞ座ってください、あんまりお構いもできませんで、土産ですかこりゃどうも」

三沢と呼ばれた若い男は奥に引っ込み、代わってその初老の男性が僕らに応接する。薄手ほぼ総白髪になりつつある髪に黒縁の眼鏡、几帳面そうな目つきの人物だった。薄手のカーディガンにチノパンツ、六十歳前後だろうか。

「はじめまして、粕壁です。推協の事務全般を任されてる者です」とその男性は僕に名刺を差し出してくる。それから背後のドアに視線を流し「さっきのがライターの三沢蓮司くん。事務手伝ってもらってます。今月の会報を全会員に郵送しなきゃいけなくて」

「あ、あの、藤阪燈真です。はじめまして。その」毎度ながら僕は自己紹介に困った。

「ああ、事情はだいたい瑞希ちゃんに聞いてますよ。というか宮内さんそっくりですねほんとに。さっき玄関でびっくりしましたよ。よく言われます？　そうでしょうね。噂では聞いていましたけど。お父さんの遺稿を探しているとのことで、いやあ嬉しいですねえ。息子さん、朋晃さんの方ですね、あちらは文芸にとんと興味がない方で残念でしたけど、ちゃんと後継者がいらっしゃったんですね」

僕は内心あわてる。後継者？　そんなつもりで原稿を探しているわけじゃないのに。

「それでぜひ渡したい物があって、宮内さんの会員証なんです。ちょうど更新時期なんで新しいの作ってしまってて。でも朋晃さんに送ってもどうせ捨てられるでしょうし」

会員証。僕だってもらっても困る。

「我々で捨てるのも忍びないですし、形見というわけでもないですけれど、お父上の思い出に受け取ってもらえればと」

こうまで言われて断れるわけがない。わかりました、せっかくなので――と答える。

ところが粕壁さんはテーブルの上に目をやり、あれ、と漏らした。

「封筒に入れてそこに置いといたはずだけど……」

隣室のドアを開けて「三沢君、テーブルの封筒――」と訊きかけた粕壁さんの声が、ぶっつりと途絶えた。

「封筒、ちょっと足りなかったから使っちゃいましたけど」三沢さんの声が聞こえる。

粕壁さんが頭を抱えてしまったので、何事かと肩越しに隣室をのぞき込んだ僕は、ほぼ状況を理解できた。

二つ並べた長机の上に大量の茶封筒が並べられていた。百や二百ではきかない数だ。

そのうち半分程には宛名シールが貼られている。

「どれが持ってった封筒か、わかる？」粕壁さんの声は震えている。

「いや、わかんないです。もうずっと無心で作業してたんで。中になにか入ってたんですか？　ほんとすみません……」

「いや、ちゃんと言っていなかった私が悪かった。三沢君のせいじゃないよ。ううむ」

「何かあったんですか」と瑞希さん。

「いやあ、渡そうと思ってた会員証、封筒に入れといたら、まざっちゃったみたいで」

「封も先に全部糊付けしちゃったんですよ。すみません。開けて探すしかないですね」

「でも開けた封筒は作り直しになってしまいますよね」と霧子さんも部屋の入り口にやってきて心配そうに言った。粕壁さんは頭を掻いた。

「しょうがないですね。三沢君には申し訳ないが、一個ずつ開けてってなるべく犠牲が少ないうちに見つかることを祈りましょう」と粕壁さんは言うのだけれど、僕としてはそこまでしなくても、別に特段欲しいものではないので、と口を挟みたくなってくる。

「会員証って四角い厚紙でしょ。封筒の上からでも触ればわかるんじゃ」と瑞希さん。

「いや、ほら、今月の会誌は会員証もついでに配る号だから。もともと各自のが入ってるんだよ。触ってもわからないんじゃないかな」粕壁さんは弱り果てて肩をすくめる。

「それなら二枚入ってるやつがあるってことだから――」いや会誌の間に挟まってるかもしれないし、でも振ってみれば音でわかるんじゃ、などとみんなが言い合っているのを聞いていた僕はどんどんどうでもよくなってきた。

ふと、机いっぱいに並べられた封筒を眺め渡して、気づく。その封筒に手を伸ばす。

「……あの。たぶん、これじゃないかと思うんですけど。開けてみてもいいですか？」

「え？　あ、ああ、はい、いいですが、でもどうして」と粕壁さんは目をしばたたく。

まだ糊の新しい封を指で剝がした。

三つ折りにされた薄い小冊子――推理小説協会の月報誌――と、それから薄緑色の名刺大のカードが二枚、出てくる。

「なんでわかったんですか……」と粕壁さんが目を見開き、会員証の片方を凝視した。

松方　朋泰（宮内　彰吾）　本協会員であることを証明する――。

この封筒で合っていたか、と僕は内心安堵する。

「昔からこういうの得意で、ぱっと見で違和感がわかるっていうか。その封筒だけ、中身が多そうだなって」

「はああ。そりゃすごい。名探偵みたいじゃないですか。さすが宮内さんの息子さん」

「そういえば恵美さんも、燈真さんに校正手伝ってもらうとすごい精度でミスを見つけるって言ってました」

「えっじゃあ校正者を継ぐんですか？　いやこれは絶対に推理作家向きですよ、ねえ」

どっちも跡を継ぐような商売じゃないだろうに。

「いやとにかく見つかってよかった。じゃあこれ、お納めください」

宮内彰吾の会員証を僕は複雑な気持ちで受け取り、シャツのポケットにしまった。三沢さんを残し、リビングに戻る。

「来ていただいて早々、なんだかお騒がせして申し訳ない。まだまだ外は寒いですな」

粕壁さんは熱い茶を出してくれる。

「宮内さん――お父様は、本当に残念でした。私よりひとつ年下ですよ。こたえます」

しんみりとつぶやく粕壁さんに、僕は返す言葉がない。悼む気持ちなどないからだ。

「まだ素晴らしい構想をいくつも持っていたでしょうに。我々はかけがえのない才能を喪いましたよ。惜しまれます。もっと読みたかった」

「わたしも同じ気持ちです」と霧子さんが言うので、僕の胸の中はざわつく。ほんとにみんな《作家・宮内彰吾》の話しかしないのだ。もちろん僕は遺稿探しで出版関係者の間を回っているわけだし当然なのかもしれないけれど。理不尽なくらい苛立ってくる。

「小説って継げるようなものじゃないですからね」と瑞希さんがため息交じりに言う。

「そうですねえ。教わったりできるものでもない。師弟関係とか、あるにはあるけど、あれは業界内での便宜とか仕事回すコネとか、作品の外のことしか関われないからね」

「粕壁さん、さっき燈真くんのことを後継者だとかどうとか言ってませんでしたっけ」

「いや、あれはね。うれしさのあまり口が滑ったといいますか。作品の外の要素についていえば、宮内さんはむしろ継いではいけない——」

そこで粕壁さんは気まずそうに口ごもった。僕は察して、言葉を選んで言ってみた。

「別に、父の困ったところ聞いても気にしないですよ。というか作家としてすごかったのはニュースとか読めばわかるし。それより、どういう人間だったのか知りたいです」

粕壁さんは肩を落として息をつく。

「そうですか。いや、はい。そうですね。お父さんの良いところだけ継いでいただきたいですし」だから継がないって。

「彰吾さん遊び相手としては最高だったけど一緒に仕事したくはないな」と瑞希さん。

「はっはっは。私もT社の六十周年アンソロジーでは苦労しました」

粕壁さんは困り眉で苦笑し、こめかみを搔いた。

「宮内さんを含め、若手からベテランまで取り混ぜた一冊にしようと原稿を依頼したんですが、土壇場でね」

宮内が、同アンソロジーに収録される若手の作品を読み、こき下ろしたのだという。

「こんな下手くそと同じ本に書きたくないと。そりゃ宮内さんと比べれば拙いが、他の魅力があるわけでね」

結局宮内は原稿を書かず、粕壁さんがあちこちに頭を下げて穴埋めしたのだそうだ。

「やはりこんな話はこれくらいにしときましょう」

粕壁さんは苦笑まじりに言うと、僕を見て、真剣そうな顔になる。

「ミステリ作家を継ぐかどうかはさておき、遺稿を探してるんでしたね。素晴らしい。手伝えることがあればなんでも」

ようやく本題に入ったので、僕は内心安堵して、これまでの経緯を簡単に説明する。

粕壁さんは何度もうなずいて言う。

「それで、宮内さんが理事会に来たときの話を聞きたい、と。お役に立てるかどうか」

「どんな些細なことでもいいんです。なにが手がかりになるか今はわかりませんから」

その言い方も実にミステリっぽいですよ——と粕壁さんは笑い、背後の書架を振り返った。協会発行の年鑑やアンソロジーが並んでいる。

「宮内さんは長いこと理事やってくれて、ここにもけっこうちょくちょく顔を出してくれてね。社交的な人だったし。病気されてから理事はやめてしまい、集まりにも出てこなくなって。それが、去年の六月だったかな。京極さんが理事になられた直後ですね」

「京極夏彦先生ですか？」と霧子さん。よく知った名前が出てきたので僕も少し驚く。

「そう。宮内さんが理事会の後の飲み会に突然顔を出されたんです、京極さんに挨拶したいって。ただ京極さんはその日はちょうど飲み会不参加でしてね、宮内さんもひどくがっかりしてました。来るって事前連絡してくれてればねえ。どうも宮内さん、執筆でなにか行き詰まっていて京極さんに相談したかったらしい。聞いた我々もびっくりですよ、まさかご病気の身で新作を書いてたなんてねえ」

飲み会には京極夏彦の担当編集が参席しており、その人とずっと話していたという。

「私もその横でちらちら聞いていたんですが、驚いたことに宮内さん、PCを使っていて、ソフトに詳しい京極さんに教えてもらいたかったと。根強い手書き派だったのに」

やっぱりデジタルに転向したのか。

「じゃあその小説の原稿は紙じゃなくてデータで保存してあるってことですか。手書き原稿の前提で探してたんですが」

「どうでしょうね。傍で聞いてた感じ、PC使いこなせてたとはとても思えませんよ」

「ですよね。私も教えたことあったけど絶望的だった」と瑞希さん。

そこで粕壁さんはくくっと思い出し笑いをする。

「コンピュータならなんでも自動でやってくれると期待してる節があってね。笑っちゃいけないいんだろうが」

「つまり、勝手に小説を書いてくれると思ってたんですか」僕は心配になって訊ねる。

「さすがにそこまでは。ただ、自動校正機能あるでしょ、あれを推敲までやってくれると誤解してたようで」

自動校正といっても、間違っている可能性が大きい箇所を洗い出してくれるだけだ。

しかし、推敲の話をしていた、ということは——

「話自体は一応最後まであがってる状態だった、ってことですよね」

「でしょうね。出版を急いでいる感じでした。文庫書き下ろしで出すつもりだったのかと。企画通りやすいですからね」

「宮内先生の完全新作ともなれば単行本でも雑誌連載でも通ったはずですけれど……」

僕の隣で霧子さんが訝しげに言う。

「私もそう思いますが、宮内さん、その編集さんと文庫の話ばかりしていたんですよ」

大御所作家といえば文芸誌連載からハードカバーの単行本、というイメージがある。

「ハードカバーじゃ合わなそうな作風だったんじゃないの。若者向けの。タイトルもきらきらしてるし」瑞希さんが脇から口を挟んでくる。

「そこはわかりません。内容の話は全然してませんでした。京極さんの執筆方法は本当に独特ですし、担当編集が具体的に色々話してくれるもんですから、その話題だけで盛り上がってしまいましたが、ＰＣ初心者には全く参考にならなかったんじゃないかな」

そこで粕壁さんはふと思い出し笑いをし、言葉を切って少し迷ってから話を続けた。

「ほら京極さんは執筆もインデザインでやるでしょう。宮内さん、インデザインをなにかものすごい執筆用ソフトだと勘違いしててね。文庫化のときにテキスト流し込んだら自動で文章書き直してくれるのか？　とか訊いてて、さすがの私も横から突っ込んでしまいましたよ。そんな便利なソフトがあるんなら業界じゅうが欲しがりますよ。宮内さんは、結局手作業なのかって残念がってましたけど」

ＩＴ音痴にも程があるだろう、と僕はあきれる。八十や九十の老人でもあるまいに。

「粕壁先生は、その場で宮内先生のお話をずっと聞いておられたんですか。他の場所でその京極先生の担当編集の方とさらに詳しく話していたということはありませんか？」

霧子さんが訊くと粕壁さんは頷く。

「ずっと聞いてましたよ。三次会に流れる前に宮内さんは帰っちゃったから、私が聞いた話で全部だと思いますが……」

何にせよ原稿の在処（ありか）にはつながらなそうな話に思えた。でも霧子さんは食い下がる。

「京極先生のご執筆方法について以外は、なにか訊かれてましたか」

霧子さんの質問に粕壁さんはしばらく思案する。

「いえ、全然。ほんとに京極さんと話すためだけに来た、みたいな感じでしたね。だから残念そうでしたよ」

そうですか――と霧子さんはつぶやき、そのまま黙り込んで思索に沈んでしまった。

その後、作業を終えた三沢さんが隣室から出てきて、座に加わり、瑞希さんとなにやら業界の話を始める。

でも僕はほとんど話を聞いていなかった。霧子さんの様子が気になってしかたない。

気配りの塊みたいな人なのに、今日はおかしい。

作家たちが話しているのを放置して物思いに耽（ふけ）ってしまうなんて。

「そうだ藤阪さん、今月の会報もお渡ししておきます。色んな方が追悼文を寄せてくださったので」と粕壁さんが言う。

宮内彰吾への追悼文。どちらかというと読みたくない。どうせ美辞麗句ばかりだし。

でも断るのも失礼なので受け取る。

「俺宮内先生には逢ったことないんスよね。めっちゃ話面白いって聞いてたから残念」

「私と同年代だから三沢君とじゃ話合わなかったと思うよ、私とも合わないんだから」

「彰吾さん相手に合わせる人でしたよ。喋りながら話題探って。あ、でも、そういうマメなのは女の子に対してだけだったかもしれないな」

「そんな宮内さん見たことないなあ。年寄りで集まって喋るときはあの人もマニア丸出しでね。バークリー、クロフツ、デクスター、ラヴゼイ、まあそんな話ばっかりしてました。私は楽しかったけどね。若い人相手にはさすがにちがう話題を出してましたか」

「年配の先生って最近の日本のは読まないのかなあ」と三沢さんが残念そうに言った。

「たぶんね、読んでないわけじゃなくて、日本の新作の話をすると、褒めるにしろ貶すにしろ作者本人の耳に入っちゃうかもしれないでしょ。それを気にして話題に出さないんだと思う」瑞希さんがしたり顔で説明すると、三沢さんは大きく何度もうなずいた。

「なるほど。そういやそうですね。それこそ協会の集まりで顔を合わせたりするかもしれませんし。大先生は各方面への配慮が大変だなあ」

「大作家ほど勉強熱心だから国内外問わず良いやつはちゃんと読んでいるものですよ」

「大御所になったら文学賞の審査員とかもしなきゃいけないし。読まずに審査しちゃう人もいるらしいけど、ミステリ系はみんなミステリ好きだからちゃんと読みますよね」

そのとき、霧子さんがふと言った。

「……そうですよね。宮内先生も、ミステリを心から愛しておられました。それだけは絶対の事実と言えると思います」

訝しむ視線が彼女に集まる。今まで黙っていたのに突然口を開いたのだから当然だ。

「だからきっと最期の小説も、見たことのないミステリのはずです」

瑞希さんと粕壁さんは戸惑いの視線を交わした。

ずっと後になって思う。このときの霧子さんはどこまでわかっていたのだろう、と。

すべて——だろうか？

『世界でいちばん透きとおった物語』の姿が、彼女にはすでに見えていたのだろうか。

推理小説協会の事務所を辞した頃には陽が沈みかけ、だいぶ冷え込んできていた。霧子さんと駅に向かう。

「青山は全然詳しくないんですが、なにが食べたいとかありますか。和洋中どれでも」

「来る時気になっていた定食屋さんがあるんです」

あまり青山らしくない庶民的な雰囲気のその店に、二人で入った。

「今日はなにかわかったんですか。途中ずっと考え事してたみたいですけど」注文した料理を待つ間にそう訊いてみる。

「ああ、先ほどは申し訳ありませんでした。お話の最中に」と霧子さんは頭を下げる。

「いえ、責めてるわけじゃないです」

「伺ったお話がどれも、とても興味深くて。……はい。わかりかけている気がします」

僕は霧子さんの顔をじっと見つめた。わかりかけている？　僕はまだ霧の中なのに。

「原稿がどこにあるかわかった、ってことですか。今ある情報で？」と僕は知らず知らずのうちに語気を強めていた。霧子さんは首を振る。

「いえ、それはわたしにも皆目見当がつきません。燈真さんのお力にすがるしかないと思います。わたしが考えていたのは『世界でいちばん透きとおった物語』というのがいったいどんな小説なのか、です。こちらは推論の積み重ねでたどり着ける気がします」

「それは――読めばわかることなんじゃ。今考えてもしかたがないんじゃないですか」

「その通りですけれど、見つからない可能性もありますよね。内容がわかっていれば原稿がなくても物語に命を与えられます。たくさんの方にお話を伺って、確信しました。宮内先生はほんとうに特別な一冊を書こうとしていたのだと思います。完成していることを祈りたいです。一読者としての共感と、一編集者としての使命感の両方から、わたしはその物語を必ず読み手のもとに届けたいんです」

霧子さんの唇の間から流れ出てくる静かで冷たい熱気に、僕は半ば気圧(けお)されていた。言っていることの半分くらいは意味がよくわからなかった。内容がわかっていれば、ってどういうことだ。プロットがわかれば他の作家が書き継げる、ということなのか？

「それで、燈真さんの事ですけれど」

「えっ？　ああ、はい、……え？　僕ですか？」唐突に話を切り替えられたのでまごついて間抜けな声を出してしまう。

「今日は燈真さんのお話をたくさん伺いたいです。せっかく夕食をご一緒するのだし」

「僕の話って言われても、なにを話せばいいのかわからないですよ」

「もちろん本の話ですよ。最近のおすすめなどを」

こっそり安堵する。よかった。アルバイトと原稿探しだけの生活だから、他の話なんてできるわけがない。

しかし、すぐに後悔させられる羽目になる。相手は一流出版社の文芸担当編集者だ。

僕が最近読んで面白かった本なんて、霧子さんはどれもとっくに読んでいるのだ。アンテナの高さが違う。

「わたしたち、すごく趣味が合いますね」と霧子さんがポジティヴにとらえてくれる。

「いや僕が狭いだけですよ。話題の本ばっかりで」

「燈真さんは古いものや海外のものはあまり読まれないんですか？」

「読みたいなってのはいくつもあるんですけど、電子書籍になってないのが多いんですよね。リクエストは出してます」

「紙の本が読めないのはつらいですね。そういえば学校ではどうされてたんですか？」

僕はしばらくの間返答に詰まった。

「まあ、紙の本が全然読めないわけじゃなくて、気が散って集中できないだけなので」

授業には全然集中せずに寝ていたりサボったりしていた、と正直には言えなかった。

「教科書くらいは我慢して読んでましたよ。あと、なぜかわからないですけどテスト問題は普通に読めたので。なんとか単位は足りました」

「紙がすべてだめというわけでもないんですか。とすると、これまでにも問題なく読むことができた本があるのではないでしょうか？　まったく試さなかったわけではないんですよね。お宅には恵美さんの蔵書もたくさんあるわけですし、お仕事も書店ですし」

なぜこんなぐいぐい来るのだろう。霧子さんも紙の本を僕に読ませたいのだろうか。

「そうですね。絵本とかはまったく問題なく読めますね。教科書も資料集とかカラーで絵や写真が多いのは大丈夫でした。……あ、あと、そうだ、思い出した。小説で一冊だけ普通に読めたのがあります。谷崎潤一郎（たにざきじゅんいちろう）の『春琴抄（しゅんきんしょう）』です。漫画版を読んで面白かったんで母から原作借りて読んでみたんです。あれだけはなぜか目が痛くならなかった。なんでなのか全然わかりません。短かったからかな」

霧子さんは興味深げに頷いた。定食がやってきたけれど話は止まる気配もなかった。

「恵美さんは谷崎がお好きでしたね。幻想性と艶があって。現実にそっと重なった違う世界の物語のようで……。親子で谷崎の話で盛り上がれるなんて、すごく素敵ですね」

そう聞くと申し訳なくなってくる。

「いや、読めたというだけで、いかにも昔の文豪っぽくて文章詰め込みすぎで、読みづらくて好みじゃなかったんです」

「そうだったんですか。それは残念です。恵美さんにもそう言ってしまったんですか」

「はい。本の感想は正直に、っていうのが親子間の約束だったので」

「それはそれで素敵ですね」と霧子さんは笑った。

「僕の感想は素朴なものですけど、母が僕のおすすめ本を気に入らなかったときはもうすごい言われようで」

欠点を細かく分析した上に、校正者としての指摘まで入れてくるのだ。息子相手に。

この話に霧子さんは大喜びだった。こうして他人にあらためて話してみると、母も変な人だったなと思う。

霧子さんがいてくれてよかった。まるで生きている人間みたいに母のことを話せる。おかげで二年間ずっと——平気な振りができた。

彼女がいてくれなかったら、僕は母の死後どうなっていただろう。

なにもかも投げ出して、天井のなくなった部屋にひとりうずくまって、雨に打たれて溶けて泥になっていただろうか。

表面上は人の形を保って、書店と自室を往復するだけの生活を続けていただろうか。

どちらも今と大して変わりはない。

『藤阪燈真』という人物の台詞（せりふ）に鉤括弧（かぎかっこ）がつくかつかないか——くらいの差しかない。

それでも、虚勢を張る相手がいるというのは救いだった。見抜かれているとしても。

定食を食べ終え、席を立った。値段も庶民的で助かった。外はもうすっかり暗く、まばらな街灯の光が街路樹の影を車道に落としている。

「今日はありがとうございました。ずいぶん燈真さんに近づけた気がします」と霧子さんは言って、駅の入り口へ歩き出した。改札を抜けて別れた後も、僕は彼女の言葉の意味について考えていた。社交辞令だろうか。それとも僕も少しはうぬぼれていいのか。

残念ながらそのどちらでもなかった。もっとずっと後になってわかることだけれど。

第9章

三人目の「宮内彰吾の女」との面会が、翌週ようやくかなった。相手は郁嶋琴美（いくしまことみ）という女優だった。知らない名前だったので検索してみると、意外にも映画を中心にかなり多くの作品に出ていた。出演作リストの七つ目に『殺意の臨界点』があった。宮内彰吾のベストセラーを原作にしたサスペンス映画だ。十六年前、映画初主演。そこを境に、一気に仕事が増えているのがわかる。現在は38歳か。

芸能人に逢うなんて初めてだった。ちゃんと会話が成立するだろうかと不安になる。最初に電話したときのことを思い出してみた。迷惑がられているという雰囲気はなかったし、スケジュールも調整してくれた。大丈夫だ。向こうも逢いたがっているんだ。自分に言い聞かせ、昼に家を出た。

外の陽気に驚く。ついこの間まで暖房を入れていたというのに、今日はもう、コートだと汗ばみそうなくらいだった。

駅に向かう道すがら、公園の桜のつぼみがだいぶはっきりと視認できるのに気づく。もうすぐ春がやってきてしまう。宮内彰吾の遺稿探しの、期限だ。

先延ばしにしてきたけど、そろそろ決めなきゃ。

三月が終わってしまっても探し続けるのかどうか。親とも思っていない、人でなしの書いた最期の小説を。

探し続けるという選択肢がいまだに残っているのが、考えてみれば不思議なものだ。

待ち合わせ場所は赤坂にあるホテルだった。だだっ広いロビーの左手やや奥まったところにあるカフェだ。

こういう店ってコーヒー一杯二千円とかじゃないっけ、とおびえながら店内に入る。

今回は、僕の方から相手を見つける事ができた。

いちばん奥の席に座っているサングラスの女性だ。すぐわかった。

ネットで写真を確認していなかったとしても、一目で気づいただろう。纏っている雰囲気が明らかに一般人とちがう。

僕が店員に断りを入れて彼女に近づいていくと、向こうもスマホから視線を上げた。目が合うと、表情をほころばせる。

「藤阪です。はじめまして」郁嶋さんですよね——と確認しかけた言葉を呑み込んだ。芸能人で、不倫相手の形見分けなんていう用件なのだ。名前を口に出すのはまずい。

「はじめまして」と彼女はサングラスを外して微笑んだ。なんというか実にコストのかかっていそうな美貌だった。38にはとても見えない。

「ごめんなさい、ちょっと疑ってたんだけれど、ほんとうに朋泰さんの息子さんだったんですね。すぐわかった。ちょっと驚いちゃった。朋泰さん、息子が全然自分に似てないってたまにぼやいてたけど、あなたのことはまったく話してくれなかったから……」

そりゃそうだ。逢ったこともないのだから、そもそも似ていたとも知らないはずだ。

「お忙しいところ、時間を作っていただいてありがとうございます。お電話でもお話ししましたけれど、遺族の方から形見分けを任されておりまして、それからもしよろしければ、父のことを、どんなことでもかまいませんので少し話していただけたら、と。僕は父に逢ったこともないので、親しくしていただいてた方からなにか思い出話でもしてもらえたら、少しは父に近づけるんじゃないか、と」

心にもないこの言い訳も、三回目ともなると淀みがなくなってきた。少し自己嫌悪。

今回渡したのは腕時計だった。琴美さんは「ああ、つけてるの見たことあります」と目を細める。さほど高くない国産品で、時計で見栄を張るタイプではなかったようだ。

「朋泰さんに良い思い出はないけど」

いきなりそう言って琴美さんは笑い、腕時計をハンドバッグにしまった。どんなひどい話が出てくるのかと身構える。

「隠れてつきあってたし。奥さんにはばれてたみたい。すごく執念深い人らしくてね」

「それは、はい、息子さんからも同じようなことを聞きましたけど」

そこで店員が来たので一番安いコーヒーを頼む。

「奥さんが携帯勝手に見るんだって。ガラケーでもロックかけようと思えばできるのに機械音痴だからって」

それも松方朋晃が言っていた。しかしここからどうやって遺稿の話に誘導しようか。

「世間的にはばれずに済んだのはよかったかな。私がそんな売れてるわけじゃないからってのもあるけれど」

「父とはいつ頃くらいまで……？　けっこう最近まで、と電話でお聞きしましたけど」

なんとか糸口をつかもうと僕は質問を挟み込む。

琴美さんは宙をにらんで、しばらく「んんん」と思案顔になった。

「最後に逢ったのは去年の――九月かな。私が最後の女だと嬉しいけど。同時に何人ともつきあってたからね、あの人」

瑞希さんも去年くらいまで、と言っていたけど、琴美さんの方が最後かもしれない。

確証はないのでここは黙っておく。

「映画に出た縁で知り合ってからだから、十五年？　けっこう長く続いた方だと思う」

僕の母も、妊娠したところで宮内と別れたわけだから、十年は続いていないだろう。

「去年の九月っていうと、かなり病状が進行してた頃ですよね。父はどんな様子でしたか。その当時のことは遺族の方も知らないらしくて」

「そうでしょうね。家にもいたくないって言ってたから。といって、遊び歩く時間も体力もなかっただろうし。多分ほとんどずっと部屋にこもって原稿書いてたんじゃないのかな。あの原稿どうなったの、本になるんだよね？　かなり面白かったから、楽しみ」

僕はしばらく唖然として、琴美さんの顔を見つめていた。問う声が喉につっかえた。

「原稿？　え、あの、宮内彰吾の、原稿？　ですよね、去年書いていた？　書いているところ見たんですか、というか読んだんですかっ？」腰を浮かせて身を乗り出してしまったので、琴美さんはびっくりして引いてしまった。いけない。咳払いして座り直す。

「すみません。ええと、遺稿を——探してるんです。ある、という話はあちこちで出るんですけれど見つからなくて。つい興奮しちゃって」

　琴美さんは目をしばたたき、息をつき、ちょうどやってきたコーヒーを一口飲んだ。

「そうなの。びっくりした。私が読んだのが遺稿かどうかはわからないんだけど、時期的に多分そうなるのかな。世界でいちばん——なんだっけ、透明な物語？　だったか」

　間違いなかった。探してた原稿だ。

「世界でいちばん透きとおった物語、ですよね。読んだ——んでしたよね？　それは、ええと、手書き原稿でしたか？」

「もちろん。だって朋泰さんパソコンなんて使えなかったでしょ？　機械音痴だから」

「そう、そうですよね。その小説、最後まで完成していましたか？」

　訊きたいことがありすぎてうまくまとまらない。

「ええ。ちゃんと解決編まで書き上がってた。でも朋泰さんは、まだ半分も完成してないんだって言ってて」

「シリーズってことなんでしょうか。大長編の第一巻が書き上がっただけ、っていう」

「ううん、そうは言ってなくて――この話は素材なんだ、って。これをもとにして完成品を書く、って……」

素材？　最後まで書き上がっているように見える長編一冊分の、六百枚超の原稿が？

それは――作中作じゃないか、と僕は思いつく。

ホロヴィッツの『カササギ殺人事件』みたいな重層構造の小説だ。

それ自体で完成している長編を内包する、より大きな小説。だとすれば、書き切れる自信がないとこぼすのもわかる。

「素材って言われてみるとたしかに、普通に面白かったけど凄みはなかったというか」

琴美さんは遠い目をしてつぶやく。

「あと、最後までタイトルの意味がわからなかった。朋泰さんのいつもの刑事もので」

「その原稿、今どこにあるかわかりませんか。遺族の方もさんざん探してるんですが」

「うちにまだあるんじゃないかな」と琴美さんが言うので僕は立ち上がりそうになる。

ほうぼう走り回った割には、こんなにもあっさりと。

「あ、私の自宅ってことじゃなくて。いや、自宅みたいなものか。朋泰さん、だいぶ昔に狛江（こまえ）の小さい一軒家を私名義で買ったの。二人暮らしみたいなこともしてた。長いこと使ってなかったんだけど、朋泰さんが三年前くらいに、貸してくれって言ってきて」

「執筆場所として、でしょうか。ひとりになって集中できる部屋がほしかった……？」

「多分ね。私もひまを見つけて狛江まで行ってたけど、朋泰さんはだいたいいつも部屋にいた。時間が残り少ないのもわかってたんでしょうね。九月に逢ったとき、そろそろ入院準備しなきゃいけないから引き払う、って言ってて。私もちょうど撮影に入っちゃったから忙しくて、それっきり。片付けに行かなきゃだけど。原稿が遺品の中にないってことなら、狛江の家に置きっぱなしかもしれない」

「その狛江のお宅、入れてもらえませんか。息子さんが原稿なんとしても読みたいと」

「それが——朋泰さん、前にその狛江の家の鍵を失くしちゃったっていうから、私の鍵を渡したんだけど、そのまま亡くなったでしょう。だから私はいま鍵を持ってないの」

ふと琴美さんは苦笑いを浮かべる。

「今日は半分それ目的で。遺品の中に鍵がないか探してもらおうと思って。私の方から遺族に連絡とりづらいでしょう」

たしかに、踏ん切れないだろう。故人の浮気相手だったと名乗り出るようなものだ。

「あの家もいつまでも放っておくわけにはいかないんだけど、つい」

面倒だし、気が重くてねと琴美さんはつぶやく。

「わかりました。息子さんに探してもらいます。鍵が見つかったら、僕が一緒に行ってもいいでしょうか？」

「実は私また撮影に入るからしばらく忙しいんだよね。その原稿は急ぎで必要なの？」

「ああ、はい、いえ……その、もし出版できるなら、故人の思い出が薄れないうちにしたい、と遺族の方が」

売れるうちに出したい、というのをぼかそうとして薄ら寒い表現になってしまった。

琴美さんの笑みからして、多分見抜かれていた。

「僕としては父の最期の文章を読んでみたいだけなので、いつでも」

「じゃあ鍵が見つかったら狛江行って勝手に入って探していいよ。ついでに片付けもしておいてくれるとありがたいな」

僕は驚いた。いかにも松方朋晃が言い出しそうな要求を、先に許諾してくれるとは。

「いいんですか。助かりますけれど」

「その原稿以外に大事な物も特にないだろうし、電気とか水道止めておいてほしいし」

住所を教わって、Ｇｏｏｇｌｅマップで場所を確認する。しょぼくれた平屋建てだ。

鍵の形状についても教えてもらった。古いシリンダー錠で頭部は楕円、渡したときにはカウベルを模したキーホルダーつきだったという。

「見つかるといいね――って言いたいけど、話を聞いていると少し複雑な気分。あの話を読んだのは今のところ私だけってことだよね。このまま埋もれさせたなら、私のための物語でした、ってことになるね。朋泰さんはそんなつもりじゃなかっただろうけど」

「どういう物語だったんですか。もう少し具体的に聞かせてもらえるとうれしいです」

「ううん。普通の、って言ったら変だけど、朋泰さんが今まで書いてきたような作風の警察ものだよ。運送会社の社長の娘が誘拐されて、社長の暗い過去が明るみに出て復讐者が匂わされて――って。しっかりどんでん返しがあって最後は苦くて泣ける感じで終わる。なにかすごい特徴的なところがあるわけじゃないから、読んだ感想を言っただけじゃ面白さの1パーセントも伝わらないと思うけど」

今まで書いてきたようなと言われても、一冊も読んだことのない僕はぴんとこない。

「父の小説、けっこう読んでるんですか？　ほんとうに今さらですみませんけど、僕はまだ一冊も読んだことがなくて。遺稿も、遺族の方に頼まれて探してるだけなんです」

ここは正直に申告することにした。

「全部読んでる。どれも面白いよ。……心情的にちょっと手を出しづらいのはわかるけど。平常心で読めないだろうし」

なぜ読んでいないんだ、と訊かれなかったので僕はほっとしていた。やさしい人だ。

「私も――もし別れてたら、その後は読めなくなってただろうしね」

「別れ話になりそうなことも、あったんですか？」

「あれだけ長くつきあってたら、それはね。色々。でもお互い適度に距離があったのが多分よかったのかな」

多少険悪な雰囲気でも、撮影などで数ヶ月離れているとリセットされるのだという。

「あと、朋泰さんは私の前でも平気で他のつきあってた女の話をするんだけど。こういう理由で別れたとか」

「いいんですかそれ。腹立たなかったんですか？」僕もそろそろ慣れつつあったけど。

「そういう人だってわかってつきあってたからね」

交際していた女性みんなそうだったのだろうか。僕の母も含めて。

「あの人絶対に、自分も悪かったから別れたとか言わないの。俺はここが気にくわなかったから棄てた、っていうだけ」

「それは――」ひどすぎる男ではないのか。僕はその言葉の続きを口にできなかった。

でも琴美さんは小さく笑って言う。

「相手の女も悪く言わないってことだから、さっぱり首尾一貫してて気分が良いよね」

「え？　いや、……読書しない女は頭が悪いからすぐ飽きたとか言ってたそうですよ」

告げ口みたいで気分は良くなかったけど、さすがに黙っていられなかったのでキャバクラ嬢の藍子さんが言っていたことを伝えてしまう。

「私も聞いたことある。でも、それも相手を悪く言ってるわけじゃなくて……ううん、悪く言ってはいるんだけど、なんていうか、女を責める感じじゃないんだよね。あくまで自分の話、ワインとか車の好みを喋ってるのと同じ感じだから嫌な気分にならない」

さっぱり意味がわからなかった。ますます人でなしだという印象が強まっただけだ。

「それで、もし別れたとしても、この人は絶対に私のせいにはしないんだろうな、って思ったら、わりとなんでも赦せるようになってね。おかげでずっとつきあっていられたんだと思う。安心できるって大事だからね。……朋泰さん、死んじゃったのはほんとに哀しいけど、最期まで別れずにいられたのはよかったよ。できればずっとついててあげたかったけど、家族だったわけじゃないからね……」

彼女の顔に広がるのは冬枯れの芝生みたいな微笑だった。言葉が見つからなかった。

「ああ、ごめん。なんか関係ない話を長々しちゃったね。原稿を探してるだけなのに」

「……いえ。話してくれて、ありがとうございます。父のことは知っておきたいので」

正直な思いが口をついて出てきた。

僕の中で、父というよくわからない人間は、よくわからないなりに何かの形をとろうとしていた。空虚を宿したまま。

直接話すこともなく、他人からの情報だけで像を組み立てていけば、当然そうなる。

「本出せなくても、題名の意味がわかったら教えて。気になるから」

琴美さんは立ち上がって、伝票に手を伸ばした。

あわてて「僕が払いますから」と腰を浮かせる。時間を作ってもらったのに、奢られるわけにはいかない。

「なにかあったらまた連絡して」と琴美さんは言って、ロビーを横切って歩き去った。

帰りの電車内で、松方朋晃にメールを打つ。原稿の所在がほぼわかった。遺品の中から鍵を探してほしい。

住所まで書き添えたところで、ふと思いとどまって削除した。だめだ。よく考えろ。あの男なら、独りで行ってしまうかもしれない。

原稿を見つけるその瞬間には僕もなんとしても居合わせたかった。

鍵の件だけにして、送信する。液晶画面に触れる指が汗ばんでいるのに気づく。無意識のうちに昂揚していたようだ。

ようやく、という気持ちと、あっけない、という気持ちがちょうど半分ずつだった。

ただ、琴美さんの感想が気になる。

「普通に面白かった」という言葉が引っかかっているのだ。結局そんなものなのかと。

死に至る病が腹の中を食い荒らしている苦痛に耐えながら、書き上げた小説なのに。

いや、書き上がらなかったのだっけ。半分も完成してない、六百枚超の原稿はただの素材。それ自体で推理小説として成り立っていても。

『世界でいちばん透きとおった物語』という題名も、琴美さんは最後まで読んでも意味がわからなかったと言っていた。もちろん題名の意味が作中で全く明示されない小説だっていくらでもある。でも、宮内彰吾はそういう作品を書くタイプじゃない気がする。

ともかく狛江に行けば何かわかるはず。さらに書き進めた原稿もあるかもしれない。

もし僕の推測が正しく、六百枚超の警察ものが作中作だとしたら――外枠の物語には その作者が出てくるはずだ。小説家が作中に小説家を出す以上、どれほど抑圧したところで自分がにじみ出てしまうものじゃないだろうか。僕はそれを読んでみたかった。彼が僕になにも遺してくれなかったからこそ。僕の中で固まろうとしている空っぽの像の中に、流し込むべきなにかが見つかるんじゃないか。

たぶん僕は、父親をはっきりと嫌ったり軽蔑したりできるようになりたいのだろう。作家としての宮内彰吾が称讃されるのを耳にするたび、もやっとしていた。かといって人間の屑だという評を聞いても、釈然としなかった。憎む理由を自分で見つけたい。

なぜそこまで、とは自分でも思う。

もともと僕の人生に最初から存在しなかった人間だ。勝手に僕を産ませて勝手に死んでいった。ほうっておけばいい。

そうできないのは、僕が自分のあやふやな生活になにか手応えを求めているせいだ。

母親が死んだのに、哀しめない自分が心の底から気持ち悪かった。

何かを殴り、拳に痛みが返ってきてほしかった。

そこでちょうど、逢ったこともない父親が死んだ。おまけに関わる理由もわざわざ向こうが作ってくれた。

敵になってほしかった。母の死が父のせいだった、なんてお話になれば尚よかった。

馬鹿馬鹿しい妄想だった。僕は頭を振り、スマホに目を戻して今度は霧子さんへのメールを新規作成した。

今日の分の経過報告をまとめて打つ。かなり進捗があったので、だいぶ長くなった。

霧子さんには見抜かれてるんじゃないだろうか。

僕が遺稿探しに走り回っている、この歪で倒錯的な本当の理由を。

異様に鋭い人だ。母とも親しかったし、僕のことも高校生の頃から知っている。おまけに最近、僕と話す機会が多い。

いやいや。自意識過剰だ。くだらないことを考えるのはやめよう。今は原稿探しだ。

霧子さんのためでもあるのだから。

『世界でいちばん透きとおった物語』は、結局書き上げられなかったのかもしれない。

でも、六百枚超の小説はちゃんと存在していて、話としても成り立っているという。

それだけでも霧子さんは喜んでくれるだろうか。ちゃんと面白かったと琴美さんは言っていたし、どんでん返しもあるミステリらしいし。

『――きっと最期の小説も、見たことのないミステリのはずです』という霧子さんの確信めいた言葉を、僕は思い出してしまう。普通に面白い程度では満足してくれないかもしれない。かえってがっかりするかもしれない。出版にも難色を示すかもしれない――

息をついてスマホをポケットに押し込むと、列車到着のアナウンスに首をすくめた。

第10章

翌日、松方朋晃から返信があった。それらしき鍵が見つかった、と画像つきのメッセージだった。琴美さんから聞いた通りの、カウベルのキーホルダーがついた丸形頭部の鍵だ。確認のために琴美さんに画像を転送する。これで間違いない、という回答がその夜半に返ってきた。僕はベッドに寝転がり、短い返信メールを三回読み直し、何度も寝返りを打った。不可解な痺れが耳の奥でわだかまる。

ついに——手が届いてしまう、のか。僕を駆けずり回らせてきた、父の最期の小説。苦労した感覚はあまりない。時間と交通費はそれなりにかかったけれど、順番に逢っていったうちの一人からぽろっと在処が聞き出せた、というだけの結果だからだろう。まだ見つかったわけじゃないけど。

松方朋晃に返信を書く。その鍵であっているそうです。一緒に探しに行きましょう、いつ頃なら予定が空いてますか？

五分とたたずに返事が来た。明日朝からすぐにでも動ける。住所を先に教えてくれ。いま住所を教えたら、夜のうちに松方が単独行するかもしれない。

読んでいない振りをして一眠りすることにした。

彼が信用できない——というよりは、とにかく遺稿への期待と不安が高まりすぎて慎重になっていたのだ。

僕のいない場所で終わってほしくなかった。少しは僕の物語でもあってほしかった。

翌朝、起きてすぐに松方にメールする。じゃあ今日行きましょう。狛江駅で10時に待ち合わせしましょう。

さすがにこの期に及んでも住所を教えないのは不自然なので、しぶしぶ書き添える。

朝食も摂らずに家を出た。食欲なんてなかった。

午前中に外を出歩くと、春が近づきつつあるのをはっきり感じた。

ビルの陰を歩いているときはまだまだ肌寒い。でも陽光が頰にあたると、ジャンパーを脱いでもいい気になってくる。

こうして明暗の間をふらふら行き来しながら、気づけば冬が終わっているのだろう。

僕はまた二月から遠ざかっていく。

《母の死んだ日》から離れて季節をぐるりと一巡りし、また近づく。そのくりかえし。

そうして螺旋の上を滑りながら――色んなものをひとつひとつ忘れていくのだろう。

文字に置き換えられた物語だけが、残る。母の部屋の書架に並ぶ何百冊もの本。これから向かう家に置き去りにされた手書きの原稿用紙。

『世界でいちばん透きとおった物語』は、完成しているにせよいないにせよ、どんな内容であるにせよ、父のかけらだ。自分を投影しようとしていなかったとしても、関係ない。父が吐き出して、いなくなって、遺された物なのだ。そのまま受け取るしかない。

そう考えると、気が楽になった。期待してもしょうがない。どうせもう死んだ人だ。

　小田急狛江駅の北口を出たところにある、緑地公園入り口前の噴水で松方朋晃を待つことにした。ロータリーを巡る車両をぼんやり数えていると、10時になって改札の方から出てくるレザージャケット姿が視界の端に映った。松方だった。カジュアルな外出着姿だと年齢がいっそうよくわからない男だ。だいたい、平日の昼間にもけっこう時間を作れるようだけれど、何の仕事をしているんだろう。

「先に行ってりゃよかったのに。なんで現地集合じゃないんだ？」と松方はぼやいた。

「僕は鍵を持ってませんし」と答えたけど、理由になっていないのには自分でも気づいていた。正直なところは、くだんの家の前でひとりで待つのがなんだか怖かったのだ。

　しかし、言う通りにすべきだった。

　目的地までは駅からほど遠く、同行者は特に楽しい話題がある相手でもない。ひどく気まずい道中になってしまった。

　といってもお互い黙りこくっているわけでもない。松方は僕に次々質問をしてくる。経過報告が簡素すぎたので、詳しく知りたいことが多いのだろう。

　てきとうに答えながら、狛江の町並みを眺める。

　国道を外れ、住宅地に入る。錆の浮いた遊具ばかりの公園や何年も放置されたような工事現場が目につく。

　宮内彰吾はなぜこの町を選んだのだろう。琴美さんの方の通勤通学の都合だろうか。

家並みが途切れて視界が開けた。売地、と大きく書かれた看板がぽつんと立てられた雑草だらけの空き地。

その向こうに、青い屋根の平屋建てが見える。壁は日焼けし、サッシは錆びている。

「あれだよな」と松方がスマホを見ながら言った。

間違いなかった。Ｇｏｏｇｌｅマップで確認したとおりの外観だ。

空き地越しに見えるのは家の裏手のようだ。青いポリバケツが二つ並べて置かれ、古ぼけた芝刈り機が転がっている。

太い杭と有刺鉄線に囲まれた空き地沿いの道を、松方が左に歩き出したときだった。

髪の長い人影が窓にちらと見えた。

「家主、いるのか？」と松方も気づいたらしく僕に訊ねてくる。僕はかぶりを振った。

「もうずっと使ってないって。今日も忙しくて来られないから勝手に入っていいって」

松方がさらになにか訊こうと口を開きかけたとき、人影らしきものが映っているその窓が突然かあっと明るくなった。炎の色だ。……炎？

「なんだくそッ」松方が毒づいて走り出した。僕もしばし呆気にとられていたけれど、我に返って後に続く。松方の脚はすさまじく速かった。玄関には広い空き地を大きく迂回しないとたどり着けない。僕が最初の角を回る頃には彼の姿は家の陰に消えていた。

焦って鍵をがちゃつかせる音、ドアの開閉音、それから乱暴な足音が聞こえてくる。

かなり遅れて僕も玄関に着いた。急に全力疾走したせいで胸と頭が痛んだ。ドアを引き開けて中に転がり込む。三和土(たたき)には松方の靴だけだ。さっきのは見間違い？　いや、燃え上がる炎と女の影をたしかに見た。靴を蹴飛ばすようにして脱ぐと廊下にあがる。水音が聞こえ、焦げ臭さが鼻腔を刺した。においを追って廊下突き当たりの左手に飛び込む。台所に松方朋晃がいた。流しの中を見ている。

「……やられたよ」と松方は吐き捨てて、じゃあじゃあ流していた蛇口の水を止めた。

近寄って流し台をのぞき込んだ僕は目眩でくずおれそうになった。ほとんど真っ黒に炭化した紙束が、ぐっしょりと濡れて潰れ、みじめにシンクの底にへばりついていた。

原稿だ。灰の量からして、数百枚。

わずかに燃え残った隅に、枡目と、几帳面な手書き文字が見える。文章どころか単語ひとつ拾えるかどうかも怪しい。

乾ききった吐息が喉をこすった。だれが——なぜ、こんなことを？　原稿を燃やす？

「さっき女いましたよね？　どこですか？」と僕は松方に詰め寄る。

「知らねえよ。俺が来たときはだれもいなかった」

台所の奥を見やるとドアがあった。さっき空き地越しに女の影と炎が見えたのは勝手口の窓だったようだ。

そこから外に逃げたのかと思い、駆け寄る。ドアは大きなゴミ箱でふさがれていた。

いらいらしながらゴミ箱を脇にどけ、錠を外してドアを押し開く。すぐ目の前には空き地が広がっていた。

靴も無しに外に出て見回す。だれもいない。あるのはポリバケツと芝刈り機だけだ。

そもそも勝手口の鍵は閉まっていたじゃないか。

台所に戻ってドアを詳しく見る。内側からしか開閉できない鍵だ。

「最初から閉まってたよ。玄関から逃げたんじゃないのか。おまえだれか見なかったのか？」松方が責めるように言う。

だれも見なかった、勝手口からも出ていない、ということはまだ家の中にいるのか？

居間、風呂場、トイレまで探した。

「どこにもいませんよ。窓も全部閉まってます。ほんとにだれも見なかったんですか」

台所に戻って松方をなじった。僕の方も無意識のうちにきつい口調に変わっていた。

「嘘ついてどうするんだよ。おまえが来るのが遅いのが悪いんだ。俺は火を消すので手一杯だったんだよ」松方は歯嚙みしてシンクを睨む。

「そんなこと言われても――」僕は買い言葉を呑み込んだ。こんな言い合いしてなんになるんだ。燃やしたやつを見つけて捕まえたって原稿が戻ってくるわけじゃないんだ。

「――全部、燃えちゃったんですか。それ、宮内彰吾の原稿ですか？　ほんとうに？」

「親父の字だ。探してたやつかどうかは知らない」と松方は苦り切った声を漏らした。

それから二人がかりで家の中をくまなく探した。他にも原稿があるかもしれない。広い家ではなかった。台所とつながった十畳ほどの居間、襖で隔てられた六畳と四畳半の和室。小さい方を書斎にしていたらしく、古風な文机(ふづくえ)が壁際に置かれ、棚の引き出しにはサインペンや鉛筆、大量の原稿用紙などが入っていた。ただ、文章が書かれた原稿用紙は一枚も見つからなかった。屑籠も空っぽだった。

二時間くらいかけて、床下や天井裏まで探した。半ば現実逃避だったかもしれない。見つかったのは生活感の残り滓だけだった。琴美さんのものらしき何着かの女物の普段着、宮内が使っていたであろうパジャマとスウェット。使いかけの石鹸と歯磨き粉。剃刀には、髭がこびりついている。

冷蔵庫には、三分の一ほど残った緑茶のペットボトルと、ポン酢醤油と焼き肉のたれと、変な匂いのするマーガリン。

寝室では薬も大量に見つかった。オピオイド系の強い鎮痛剤の備蓄は痛ましかった。

父がたどり着いた、人生の行き止まりの家。時間さえ淀んでいる。

こんな場所で、なにを書けたっていうんだろう。

一枚も書けなかったんじゃないだろうか。三年前にようやく仕上げた《素材》の小説を読み返すばかりで。

薬で痛みを散らし、ペン軸を齧り、腐臭を嗅ぎ、自分に残された時間をただ数えた。

「……もういいよ。燃えちまったんだ」と松方が息苦しそうに言った。畳の上にしゃがんでうなだれている。

「どこのだれか知らねえが。くそ。ほんとなんなんだ。ふざけてんのか。くそ。くそ」

「だれだったかわからないんですか。顔見てたり」

「見てねえよ。窓からちらっと見えただけだ。女かどうかも怪しい」

僕と同じで、空き地を隔てた遠くから窓越しに影を目にしただけ。髪は長かった気がするけれど女とも言い切れない。

いや——待て。おかしい。勝手口も窓も閉まっていたんだ。玄関から出るしかない。僕とすれちがわずに、どうやって？

「家のどこかに動いた気配とかありませんでしたか？　一時的に隠れてやり過ごして」

「知らねえっつってんだろ。もうどうでもいいだろうが。……燃えちまったんだから」

どうでもよくなかった。燃やされたのは無関係の原稿あるいは一部だけで、僕らの探している小説は犯人が持ち去ったかもしれないのだ。

「松方さんが家に入ってから僕が着くまでに二十秒くらいで、どっちとも鉢合わせせずに家を出るなんて——いや、不可能ではないでしょうけれど……」話している間に現実感が僕の肌からぼろぼろ剝がれ落ちていった。松方の言う通りだ。どうでもよかった。検証したところで捕まえられるわけでもない。原稿はこの家にはない。それが全て。

なんなんだ、なんでなんだ、なんでこんなことすんだ、と松方は畳に投げ出した自分の脚に向かって毒づき続けていた。僕だって知りたかった。だれがなんの目的で宮内彰吾の遺稿を焼かなきゃいけないんだ？　女だったとして——これまでに僕が逢ってきた女性のだれか？　即座に琴美さんが思い浮かぶ。ここは彼女の家で、しかも彼女は最期の小説を独占したい、みたいなことまで言っていた。

苦しい推測だった。原稿を他人に渡したくないならそもそも黙っていればいいのだ。

この件を知る女性、という容疑者像に霧子さんも当てはまることに気づいて吐きそうな気持ちになった。霧子さんも宮内の熱心な読者で、遺稿をとても読みたがっていた。

その動機に、独占欲が加われば——

くだらないことを考えるのはやめろ。そもそも霧子さんにはここの住所までは教えていないし、鍵だって持ってない。

住所は他のルートで知ったのかもしれない。鍵は宮内が退去時にかけ忘れたのかも。

やめろ。僕は唇をきつく嚙んで、妄想が漏れ出るのを抑え込んだ。

これからどうすればいいのか、わからなかった。

ろくでもない考えは後から後から湧いてくるのに、現実的で具体的なものはなに一つ浮かんでこなかった。

やがて松方は黙って立ち上がり、出ていった。玄関の扉を乱暴に閉める音が響いた。

どれくらいの間、灰のにおいが降り積もった部屋にしゃがみ込んで呆けていたのか、自分でもわからない。

ふと目を上げると、窓から陽が差し込む角度が変わっていた。蒸し暑さまで感じる。尻を畳から引き剝がして身を起こす。骨が痛む。

いつまでもこうしていてもしかたがない。今できることをやろう。

台所に行って、シンクの中のかつて原稿だった灰の塊をそっと持ち上げた。濡れているせいか、想定よりは崩れない。

しかし文字の判読は絶望的だった。焼け残っているのは右下隅だけ。一枡か二枡だ。注意深く、何枚かをめくってみた。

『と』や『が』や『本』といった字、そして空白が現れる。何の意味も読み取れない。全部で何枚あるか数えるのも難しそうだった。六百枚以上ありそうには見えるけど。

これが例の《素材》だという小説なのか、確認しなきゃいけない。文字がなんとか読み取れる箇所をすべて写真に撮り、琴美さんに送る。

『判断が難しいと思いますが、これがお読みになった原稿でしょうか？』そこから原稿が燃えてしまっている経緯も書かなければいけないのがほんとうに心苦しかった。琴美さんも哀しむだろう。しかし正直に書くしかない。こっちだってよくわかっていない。

メールを打ち終えると、原稿用紙の燃えさしを注意深くコンビニのレジ袋に入れた。

持って帰ってどうなるわけでもないけれど、そのままにはしておけなかった。それから僕はここの鍵を持っていないことに気づく。松方は黙って先に帰ってしまった。今になってあの男に対する怒りが湧いてきた。なんなんだ、はこっちのせりふだ。あんたが依頼した仕事だろうが。最後まで責任を持てよ。戸締まりくらいしろ。ひとから借りてる鍵だぞ。今後どうするのかも、あんたが決めろよ。

この場にいない人間を胸の内で責めてもどうしようもなかった。むなしさが募った。

松方にもメールを打った。嫌味を書き連ねそうになるのをこらえ、事務的な内容に終始する。鍵は持ち主に返すので僕に郵送してください。今後どうするか指示ください。

霧子さんにも報せないといけない。

これが何より気が重かった。彼女は宮内彰吾の新作を純粋に読者として楽しみにしていたのだ。さぞ落胆するだろう。

でも黙っているわけにはいかない。僕の方からすぐにでも報告しなければいけない。渋ってる間に松方経由で話が伝わったりしたら不誠実極まりない。

文面にはひどく迷った。一時間以上はかかった。

結局、松方へのメールよりもさらに素っ気ない内容になった。僕が原稿を燃やしたみたいに読めてしまう。

なにもかもが本当にどうでもよくなってきた。僕は荷物をまとめて、その家を出た。

霧子さんからの返信は、その夜だった。僕はそのとき真っ暗な自室で毛布にくるまって音楽を聴いていた。

スマホの振動に気づき、イヤフォンを耳から外した。身を起こして、メールを開く。

そのお宅の詳しい状況を教えていただけますか。

落胆されていることと思いますがなにとぞよろしくお願いします。

いつも以上に事務的な書き方にかえって気遣いを感じてしまう。落胆されてるのはあなたの方でしょうに、と思った。

あの狛江の家で見聞きしたことを、あらためて思い出しながら文章にまとめていく。

原稿を焼いたのは何者なのだろう。

『女性のように見えましたが確証はありません。松方さんもはっきり見てはいないと』

文章という形にすると少しは頭が落ち着いてきて、冷静に思い返せるようになった。

やはり、おかしい。犯人の逃走経路は玄関からしかなかったのに、僕にも松方にも出ていくところを目撃されなかったのだ。どうやって？

『他にも出る方法とかうまい隠れ場所とかがあったのかもしれませんが、小さい家なので見落としたとは考えにくいんです。そうすると犯人は家の中から消えたとしか』と書いたところで手を止める。なんだこれは。ミステリごっこをしてるみたいじゃないか。

小説の原稿を探しているのであって自分が小説の登場人物になりたいわけじゃない。

『仮に僕らを出し抜く方法があったとすると犯人はあの家に詳しい人物になります。僕の知っている中で該当者は郁嶋琴美さんしかいないのですが郁嶋さんはあんなことをする理由がありません。他にもあの家を知っている人間がいるのかも――』僕は再び文章を書き進め始めていた。なんとなく自分が意味のあることをしているような気がして虚無感がまぎれるのだ。実際はなににもつながらない。

犯人にたどり着けば原稿が戻ってくる、なんて可能性がほんとうにあるのだろうか。あの家に、燃やされた原稿とは別に『世界でいちばん透きとおった物語』の原稿があり、犯人はそちらだけは燃やさずに持ち去った。――可能性としては、ゼロではない。

しかし、どうにも考えにくかった。

それが目的なら、原稿らしきものは全部まとめて持っていけばいい。要らない方をあの場ですぐに燃やす理由がない。

やっぱり、あそこには燃やされたあの原稿しかなかった、と考えた方が自然だった。

犯人はとにかく一刻も早く、原稿をこの世から消し去りたかった。

世に出さないため？　だれにも読ませないため？

わからなかった。僕は霧子さんにメールを送信すると、スマホを枕の下に突っ込んでからベッドを下りた。

空腹だか頭痛だかよくわからない感触をコーヒーでごまかし、再び毛布に潜り込む。

翌朝、スマホの振動音で目を醒ました。カーテンの隙間から差し込む陽光がまぶたにちくちくと痛かった。

ぼやけた目をこすり、液晶画面を見つめる。メールが一件、たったいま届いていた。

霧子さんからでも、松方朋晃からでもなかった。

送信者名は《高槻千景（たかつきちかげ）》——記憶にない名前だった。だれだろう？

『聖アンジェラ療養院の高槻です。ご連絡が遅くなり、申し訳ございません』という書き出しでメールは始まっていた。

聖アンジェラ療養院。思い出した。宮内彰吾が入院していたホスピス施設の名前だ。

宮内彰吾の担当ケアラーだった人。

『来週月曜、火曜、木曜の午後二時以降でしたら時間が空けられるかと思います——』

そう、月初めに面会を申し込んだときは、月末まで忙しい、と返ってきたのだった。

今さらか、と僕は思った。もう原稿の在処はわかっている。灰になって下水道に流れて今頃はどこかの海だ。這い回る必要もなくなった。

『——来られる日時が決まりましたら、メールでも電話でもかまいません』と文章は結ばれていた。僕の指はなかなか動こうとしなかった。虚脱感が全身を覆っていた。でもこちらから面会を申し入れておいて用済みなので断る、というのも失礼千万に思えた。

僕は這い寄ってくる無気力を払いのけながら、メール末尾の電話番号をタップした。

第11章

聖アンジェラ療養院は、京王線の芦花公園駅から徒歩およそ十五分、深い林に覆われた大きな公園のそばにあった。環八通りから右手に折れてだいぶ奥に入ったあたりで、車の音もあまり聞こえない静かな住宅街の一角だった。外観は病院というより教会で、砂糖菓子のように白い尖塔は十字架を戴き、アーチ状の正面入り口の頭上には赤いステンドグラスの塡め込まれた薔薇窓が設えられている。

病棟を囲む庭は広く、桜の樹がたっぷり間隔をとって植えられ、開花を迎えていた。正面広場を横切って受付へと向かう間、患者を乗せた車椅子をゆっくり押して散歩している看護師たちと何度もすれちがった。僕と同じくらい若い患者も何人か見かけた。

終末緩和ケア専門施設、だという。

死を待つ人々のための園。建物も、看護師の制服も、庭のベンチも、何もかもが淡い光に包まれているように見える。

三分咲きの桜が陽の光を漉している。春はどこにだってやってくるんだな、と思う。

終着点。宮内彰吾の生の。そして——彼の小説を巡る僕の探索の。

あれから松方朋晃は一日おいて返信をよこした。

遺稿探しは終了とする。半金と経費を振り込むので口座等を送れ。気味悪いくらい素っ気ない内容だった。

もっと恨み言を並べられるとか理不尽に八つ当たりをされるとか予想していたのに。

霧子さんからの返信も、簡素なものだった。詳しくありがとうございます。考えをまとめたいと思います。

考え？　なんの？　だって原稿は燃えてしまったのだ。あきらめるしかないだろう。

琴美さんからの返事はつい昨日ようやく届いた。

文面からだいぶショックを受けているのが伝わってきた。当然だ。

確証はないけどたぶん私が読んだ原稿です、登場人物の名前っぽい字に見憶えがあります、と彼女は書いてきていた。

もちろん、いったいなにがあったのか詳しく説明してほしい、とも附記されていた。すぐに返事を書く気力がなかった。

『だれかが家に忍び込んで燃やしてしまったんです。詳しいことはまだわかりません』

説明にもなっていない説明を今日の昼ようやく送信し、逃げるように家を出たのだ。僕だってだれかに説明してほしかった。でもとにかく、すべて終わってしまったのはたしかだった。松方朋晃がもうあきらめたのだから。

『世界でいちばん透きとおった物語』は、たぶん——放棄されたのだ。素材だというあの警察小説の原稿が狛江の家に残されていたということは、宮内彰吾も執筆を断念したのだ。もし書き続ける意志があったならここに入院するときに持ってきていただろう。

だからもう、ここにはなにもない。とっくに死んでいるという事実を確かめるだけ。

芝生の敷き詰められた庭を抜け、アーチをくぐって院内に入った。受付で名前を告げて、高槻千景さんに二時からお逢いする約束が、と伝える。南第二病棟前のガーデンに行ってください、と受付の職員に言われた。案内板を見ると、本棟の廊下をまっすぐ抜けたところに大きな中庭があるようだった。礼を言って受付カウンターを離れる。木目の美しいフロアタイル敷きの廊下を、奥へと進んだ。

あまり病院らしくない内装だった。清潔感一点張りの白が、ほとんど目につかない。たぶん『治して出ていく場所』ではないからだろうな、と思う。我が家の近くにある子ども食堂に雰囲気が似ていた。木製の椅子とテーブルがそこかしこに置かれている。

壁には花見会のお知らせの貼り紙。

入院患者（入居者、と呼ぶべきだろうか）が描いたらしき絵も並べられている。どれも水彩画なのが痛ましく思える。

おそらく、油彩画を完成させられるほどの期間は、ここに居続けられないのだろう。

廊下の突き当たりは、まるで礼拝堂みたいな大広間になっていた。

湾曲した天井、大扉、並んだ長椅子、オルガン。

壁際のスタンド式の譜面台には讃美歌集の楽譜が置かれ、薔薇窓から差し込む色彩豊かな光を浴びていた。

時間が止まってしまったように思えた。僕は息を詰めて広間を横切り、扉を開いた。

桜の樹に囲まれた中庭にはたくさんの花壇が設えられ、パンジーやチューリップの花が大量に咲いていた。

看護服姿の大柄な女性が一人、大きな木製の丸テーブルの周囲に椅子を並べていた。僕に気づき、手を止めて、表情をほころばせる。

「松方さんの息子さん？　でしょ？　あはは、すぐわかっちゃった」

高槻千景さんは五十代手前くらいのがっしりした体つきの女性だった。アスリートなみに手足が太く、肌も黒かった。

「ちょっとお庭を見てないといけないのでお外でお話しすることになるけど、いい？」

千景さんはベンチを指さして言う。

「今日は、お忙しいところありがとうございました。わざわざ時間作っていただいて」

「こちらこそお待たせしちゃって。研修とかイベントとかあとは色々重なっちゃって」

色々というのはたぶん担当した患者の死亡が続いたということなのだろうな、と僕は思った。そういう場所で、そういう仕事なのだから。

「ここ綺麗でしょう。もうすぐ桜も見頃ねえ。花見は毎年大好評で。松方さんもけっこう楽しみにしてたわねえ。寒い日でもここに座って日向ぼっこしていて。まあお元気な人でねえ。木登りしようとしてたこともあって。あのときはあわてて止めたけれども」

千景さんは豪快に笑う。還暦過ぎの病人が木登りなんて、認知症まで疑ってしまう。

「蕾がどれくらい膨らんでるか見たかったから、なんて言って。二月よ。蕾なんて小石くらいでしょ。そんなに近くで見たいならおぶってあげるから危ないことしないで、って言ったら、おぶわれてる間に鬼に変わったらどうする、とか言って。変な人だった」

「それは坂口安吾（さかぐちあんご）ですね」と僕はつぶやいた。そんなのも読むんだな。あまりイメージに合わない。一応は推理作家でもあるからだろうか。

「ほとんど独りでいる人でねえ。イベントにも全然参加しなくて。話し相手は私だけ」

妙にうれしそうに千景さんは言った。いま僕が座っているこのベンチで、咲く気配もない桜の梢を孤独に見上げる父を、思い浮かべようとするのだけれどうまくいかない。どうしても僕自身になってしまう。

お酒は大好きだった、自室でだけっていう規則なんだけど目を盗んでよく外で飲んでてね、と千景さんは目を細めた。

「そうそう私ばかり喋り通しでごめんなさいね。なにか訊きたい事あるんでしたっけ」

「ああ、はい。……いえ、その……」僕は言い淀み、黙ってしまう。

もうなにもない。適当な言い訳も思いつかない。

こんなにも薫り高く穏やかで暖かい死の予感に満ちた場所では、嘘は口に出した端から腐っていきそうだ。

「……僕、実はあの人の奥さんの子供じゃなくて。つまり、浮気相手の子供なんです」

自分でも思いがけないくらい自然に言葉が出てきた。千景さんがどんな顔をしているのかわからなかった。

「そもそも一度も逢ったことがなくて、葬式にも行かなかったし。全然知らない人で」

僕の声はしんと濡れて、不思議な重みがあった。

口にしてみて初めて、僕はずいぶん腹を立てていたのだと気づく。

「どんな人なのか少しでも知りたいんです。母も僕も完全にほっとかれてたんですよ。べつに行方知れずでもないのに」

宮内彰吾に怒っていたのではない。ろくでもない男に捕まった母に対してでもない。怒る相手がいないことに、だろう。

「なんでもいいんです。情けないところでも、みじめなところでも、醜いところでも」

吐き出してしまってから、相手が初対面なのだと思い出す。なに言ってるんだ僕は。けれど千景さんは笑顔を保っていた。話しにくい相手と話しにくい話題を交わすなんて日常業務のうちなのだろう。そういう場所だから。

「そうだったんですね。お元気なうちに来てくだされば、とか言っちゃうところでしたよ。でも、もうお見送りした後ですけど、来てもらってよかったです。松方さんも喜んでますよ。ご家族の話なんて一言もしませんでしたけど、照れくさいからでしょうね」

千景さんはほとんど話し方を変えなかった。ただ、声の厚みがわずかに増していた。

「こういう場所ですから、鬱ぎ込んで貝みたいになっちゃう方ってけっこういらっしゃるんですけど、松方さんはそういう理由で黙っちゃうタイプじゃありませんでしたね。あれは照れ屋さんです。かっこつける用意があればいくらでも話してくださる方。だけど私ら相手にかっこつけられませんからね、下の世話までするわけだし。それでご自分のお話は全然してくださらなかったんですよ。残念」

千景さんは、僕の知らなかった宮内彰吾の側面をなにひとつ提示してくれなかった。でもそんなものかもしれない。僕がこれまでに感じた通りの、見栄っぱりでだらしない普通の男なだけかもしれない。ありもしない複雑さを追い求めてきたのは、多分——母を、見損ないたくなかったのだ。

母がその程度の男につかまり、遊ばれ、棄てられたのだと思いたくなかった。もっと悪辣で狡猾な相手ならまだいい。

自覚してしまえば、心底馬鹿馬鹿しかった。なんにしたって、二人とも死んでいる。

「ああそう、松方さん、図書室に関してはなんだか本気で怒ってて」

可笑しそうに肩と腕を揺すって千景さんは言う。

「蔵書の趣味が悪いとか、聖書を何冊も置くなら違う訳にしろとか、シリーズ物で途中の巻が抜けてるとか」

不思議なことに——図書室の宮内彰吾だけはありありと思い浮かべることができた。

天窓から差し込む午後の陽の下で、難しそうな顔で文庫本を広げ、隠し持ったウィスキーをたまにあおる。栞(しおり)がわりにプラタナスの葉を挟み、ソファのアームレストに頭を預けて、まどろむ。

「父は、小説家だったんです」と僕はつぶやいた。

「ああ！　はい、ちょっと話に聞いてました。有名な方ですってね」

そう、父に関して、これだけは誤りようのない真実だった。彼は小説家だったのだ。

でも最期はどうだったのだろう。

宮内彰吾ではなく松方朋泰として、全て剝がされて素顔で死んでいったのだろうか。

そこで千景さんがふとうなずいた。

「思い出した。そういえば松方さん、たまになにか書いてらしたわねえ。大きい紙に」

僕は千景さんの横顔をじっと見つめた。午後三時の鐘の音が遠くで眠たげに響いた。

「……書いてた？　小説の、原稿をですか？　ここで？」僕は切れ切れの声で訊ねた。

あきらめたんじゃなかったのか。素材も放り出して。

「原稿用紙、なんでしょうかね？　画用紙みたいに大きいのに枡目がたくさん入っているやつ、いっぱい持ってきていて。サインペンなのがあんまり小説家っぽくなかったですけれど。枡目はまったく埋まってませんでしたね、やっぱりお体がつらそうで……」

この終着地で、それでも書いていたのか。遺品の中に原稿はなかったそうだけれど。

「お見送りする一週間くらい前ですかね、ちょうどこのベンチに松方さんが座ってて、機嫌が良さそうで。なにか良いことあったんですかって訊いたら、最後のページだけは書けたよって言って、その枡目入りの紙を見せてくれたんです。でもねえ、なんにも書かれてないんです。白紙。まあ、鎮痛剤で譫妄(せんもう)状態になるのってよくあることですし、その後もずっとお加減良さそうに日向ぼっこしてて」

まっさらな最後のページ。夢とうつつの隙間に力なく滑り落ちて、彼はそのまま——

「桜、見せてあげたかったですねえ。もしかしたら松方さんには見えていたのかもしれませんけど。作家さんですから想像力豊かでしょうし。いつもここに座ってましたし」

ここで、何を見ていたのだろうか。

赤茶けた蕾ばかりの梢と凍りついた二月の空の他に、どんな景色があったのだろう。鳥も虫も歌わない冬の終わりに。

病棟の大扉が開き、別の看護師が顔を出し、高槻さん、とこちらに呼びかけてきた。

「すみません、もうこんな時間。他に何か訊きたい事ございます?」

千景さんはベンチから立ち上がって僕に言った。

いいえ、と僕は首を振った。今日はありがとうございました。こちらこそ、と千景さんは笑みを返してくる。

「よかったらお父さんの代わりに桜見てってください。三分咲きもいいものですよね」

千景さんが去ってからも、僕はベンチに座り、両手をポケットに突っ込み、桜の樹をじっと見上げていた。

土いじりをしていた老人たちの姿もいつの間にか消えていた。庭に僕ひとりだった。父と並んで座り、こうして同じ桜を眺めている。

ベンチに隣り合い、冬と春、死と生のそれぞれに遠く隔てられて。

まぼろしに意識を預けてぼうっとしていたおかげかもしれない。じきに僕は、それに気づいた。一番低い枝の中程だ。

なにか白いものが、引っかかっている。――いや、細い枝の股に挟み込まれている。

立ち上がり、桜の幹に駆け寄った。

あたりを見回す。中庭にはやはり僕ひとりしかいない。今なら、だれも見ていない。

『木登りしようとしてたこともあって』と千景さんは言っていた。この木に、なのか？

桜の樹皮はごつごつしているので登るのは簡単だった。思いっきり手を伸ばし、枝に挟まったものを指先で抜き取って地面に飛び降りた。

『最後のページだけは書けたよって言って――』千景さんの言葉を思い出しながら、指でつまんだそれを見下ろす。幾重にも小さく小さく折りたたんだ紙だった。何度か雨に降られたのだろう、変色して毛羽立ち、ぼこぼこになっている。そうっと開いていく。

原稿用紙だ。高輪の松方の家で見せてもらった、あの大判で枡目が多い手製のもの。

千景さんが言っていた通り、白紙だった。これが宮内彰吾の言っていた最後のページなのかは定かではないけれど、この場所に隠してあったということはやはりそうなのではないかと思う。白紙。自虐の冗談だったのだろうか。どうせもう書けない、あきらめた、という意味なのか。だとしたら哀しすぎる。書く振りなんてしなければよかったのだ。小説家ではない松方朋泰として死んでいけば――

いや、と僕は気づく。白紙じゃない。たった二箇所、書き込まれている枡目がある。後ろから九行目だ。一対の鉤括弧が、五枡分の空白を挟んで向かい合っている。なんだろう。沈黙、あるいは絶句の表現だろうか。他には一文字たりとも書かれていない。

言葉を失い、吐息だけを残して――

そのまま世界から消え失せてしまった。そんなラストだ。もしこれがほんとうに物語の最後のページなのだとしたら。

父が病んだ身体を引きずって最後にたどりついたのは、こんな景色の中だったのか。雨に濡れてあばただらけになった砂地の上に、声にならない叫び。

絶望を呑み込んで作り笑いで死んでいったのか。

なんにせよ、僕には彼を憐れむ資格はないし、軽蔑する理由もよくよく考えてみればなにひとつなかった。

もう帰ろう。僕は折り畳みなおした紙をポケットに押し込み、桜の樹に背を向けた。

自宅に着いたのは夕方だった。三月なのでまだ日が短く、日中は暖かくても暗くなるとすぐに冷えてくる。

まずは湯を沸かす。吹きさらしの庭にずっといたせいで寒気がまとわりついていた。コーヒー二杯飲み干してようやく人心地がつく。

食欲はあいかわらずない。このまま風呂に入って寝てしまおうか。

そこでスマホを確認した僕は、メールに気づいた。霧子さんからだ。明日夜伺ってもよろしいですか、と件名にある。

『宮内先生の御遺稿について、考察の結果おおむね全容がわかったかと思いますので』

霧子さんはそう書いていた。全容？

『燈真さんにご説明したいので、明晩お邪魔させていただいてもよろしいでしょうか』

僕はベッドに腰を下ろして短いその文面を二度読み返した。意味がわからなかった。遺稿が見つかった――わけではないだろう。それならそう書くはずだ。これまでの情報をもとに、小説の概容を推測した、ということか。

『世界でいちばん透きとおった物語』が、どういうものだったのか。……そんなの推測してどうするんだ。もう終わっているのに。素材にするはずの原稿はだれかに焼かれ、宮内彰吾も空虚を吐き出して独りで死んでいった。今さらなにを勘ぐったところで――

18時にはバイトから帰ってきていると思います、と返信し、寝転がって目を閉じた。

第12章

翌日の20時過ぎ、霧子さんがうちにやってきた。明るいクリーム色のソフトトレンチコートにカーディガンと、すっかり春の装いで、どんよりした我が家の空気が玄関を開けた途端に外気と入れ替わったように感じられた。普段ならうれしい訪問だったけれどそのときはだいぶ鬱いでいて、たぶん顔色も悪くて、もっとまともな状態のときに逢いたかったな、と思いながらも僕は彼女を迎え入れる。

「遅くなって申し訳ありません。校了日で立て込んでおりまして。これ、お土産です」

ケーキの箱を手渡された。申し訳ないのはこっちだった。そんな忙しい日に僕のつまらない用事を済ませにこなくても。しかも僕も投げ出して用事ですらなくなったのに。

お茶を用意してケーキを皿に出す。

昨日、ホスピス施設に行って話を聞いてきたことを報告した。霧子さんは興味深げな目つきでじっと聞き入っていた。

「だから、宮内彰吾も結局書けずにあきらめたんです。朋晃さんも調査終了にすると」

「そうだったんですね。燈真さんのお話を伺って確信を深めました」

霧子さんは得心して頷く。僕は嘆息して言った。

「いや、ですから、どうせ原稿はないんです。素材の方も、どこのだれかもわからないやつが燃やして――」

「狛江のお宅に侵入して原稿を焼いた犯人ならわかっています」と霧子さんは言った。

僕は息を詰めて霧子さんの顔を凝視した。彼女はシフォンをフォークで切り崩し一口食べてから再び言う。

「このお宅に侵入して宮内先生の執筆メモと携帯電話を盗んでいったのと同一犯です」

「だれなんですか？　というか、なぜ知って――」

「状況証拠のみですが間違いないでしょう。宮内先生の元奥様です」

宮内彰吾の元妻？　つまり松方朋晃の母親？　話にしか聞いたことのない人物がいきなり挙げられて、僕は混乱する。

「狛江のお宅での状況を思い出してください。朋晃さんが先に家に入ったのですよね」

言われて僕も記憶をなんとか探る。

「二十秒ほど遅れて、燈真さんが玄関から入った。台所には朋晃さんしかいなかった」

勝手口の前はゴミ箱で塞がれ、錠も下ろされていた。逃走経路は勝手口以外となる。家中を探したが、窓もすべて施錠されていた。玄関から出ていった、と考える他なかったが、僕も松方朋晃も犯人と鉢合わせしていない。

「犯人は朋晃さんが来たのに気づいて別の部屋に隠れるなどしてやり過ごし、燈真さんが到着するまでのわずかな時間をついて玄関から出ると、そのまま燈真さんに見られないように逆方面へと立ち去った――というのが、燈真さんの立てられた仮説でしたね」

「……はい。仮説っていうか、他に考えられないというか……紙一重続きですけれど」

「たしかに、その可能性はゼロではありません。けれど、より無理なく説明できる説があります。朋晃さんが嘘をついているのです」霧子さんの言葉に、僕は目を見開いた。

「……なんで——ああ、いや、——母親を庇ったんですか！」僕が声を上ずらせると、霧子さんはいくぶん満足げにうなずいた。言われてみればあのときの松方は少し様子が変だった。原稿捜索をあきらめるのも妙に早かった。

「朋晃さんは先んじて家に入った時、玄関でお母様が脱いだ靴をまず見たのでしょう」

そこで侵入者がだれなのかを悟り、靴を持って台所に駆け込み、原稿を焼いている最中の母親と対面した。すぐに僕も家に入ってくる。押し問答している時間はなかった。

「彼が勝手口から逃がしたんですか」

「はい。その後ゴミ箱で勝手口を塞ぎ、鍵までかけたのは、お母様が靴を履いて逃げるまでの時間を稼ぐためでしょう」

追いついた僕が勝手口の外をすぐに確認したら姿を見られるかもしれなかった……。

緊急判断だったのだ。いつ僕が来るのかわからなかっただろうし。

ただそのせいで家全体が密室になってしまった。

「勝手口が開いていれば、そこから逃げた、で終わりでした。咄嗟の工作で疑惑が生まれてしまったんです」

「でも、あの女はどうやって家に入ったんですか。やっぱり宮内が鍵をかけ忘れた？」

「いえ。おそらく奥様は鍵を持っていたのでしょう。先生はそこの鍵を失くされた、ということでしたよね」

「はい。琴美さんに話を聞いた時そう言っていました。それで自分の鍵を預けた、と」

「紛失ではなく――奥様が盗ったのだと思います」

僕は息を呑んだ。財布や携帯を勝手に触る、と松方が言っていた。

「宮内先生が郁嶋琴美さんと交際し始めたのは十五年前、離婚される前です。奥様が鍵を盗る機会は多かったはずです」

ぞっとした。夫の愛人宅の鍵を盗む。嫌がらせのためか、またはもっと積極的な――たとえばそう、不法侵入するため。

「待ってください、この部屋にメモと携帯を盗みに入ったのも……うちの鍵を……？」

母がこのマンション一室を買ったのは僕を産むより前、宮内とつきあっていた頃だ。宮内彰吾がこの部屋にちょくちょく通っていたとすれば、母がスペアキーを預けていても不思議じゃない。宮内の妻はそれを盗んだのか。

「おそらくそうでしょう。そしてもう一点、朋晃さんの所持品にも勝手に触れていたとのことですが、朋晃さんのスマホを操作して、メールを自分宛に転送する設定にしていたはずです。だから狛江のお宅の住所をあのタイミングで知り、先回りできたんです」

啞然とした。たしかに、僕が松方に狛江の家の住所をメールしたのは、当日の朝だ。

前もって教えたら松方朋晃が独りで勝手に行ってしまうかもしれない、と余計な心配をして、当日まで引っぱったのだ。もし前日にでも伝えていたら、松方の母親ももっと早く原稿の在処を知り、僕らがあの狛江の家で目撃するのは灰だけだっただろう。僕の要らない工作が、あのニアミスを発生させてしまった。いや、ニアミスじゃないな。松方朋晃は母親とまさに顔を合わせているわけだから。

「なんでそこまでして宮内の原稿を焼いたんですか。宮内を憎んでたから、ですか？」

「奥様は、宮内先生の最期の小説が、だれのためのものか気づいていたのでしょう。自分でも自分の息子でもない、ということに。それが赦せなくて、存在を消したかった」

だれのため？　どういう事だろう。

「正確なところはわかりません。告発するわけでもありませんし、推測の積み重ねですから直接証拠は何もないんです」

霧子さんはそう言って、まつげを伏せ、冷めてしまった紅茶にじっと視線を注いだ。

「奥様を責めたところで、原稿が戻ってくるわけではありませんし」

今後の被害がないなら、僕もどうでもよかった。

知りたいのはただ、小説のことだ。元妻が法を犯してでもこの世から消したのが、どんな小説だったのか。

そこで霧子さんは僕のすがるような視線に気づき、小さく息をついて再び口を開く。

「先に謝っておきます。小説の内容に関しては何もつかめておりません。あらすじも舞台設定も登場人物も」

「え……ああ、はい。ええと……？」全容がわかった、と言っていたのはなんなんだ？

「素稿を読まれたという郁嶋さんが羨ましいです」

「じゃあ霧子さんはなにがわかったんですか。小説のテーマとか？」

そこでしばらく沈黙があった。この表情の霧子さんは何度か見たことがあった。心の中で慎重に荷造りしているのだ。

やがて彼女は立ち上がり、二人分の空いた皿を流しに運び、洗ってから戻ってきた。僕の正面のクッションに座り直す。

「複雑で長い話になりますけれど、燈真さんに聞いていただけたらうれしく思います」

僕はうなずいた。とにかく、なんでもいいから終わらせるための言葉がほしかった。父が死んでからの無駄足ばかりだったこの一ヶ月間を、母が死んでからの雨も雪も降らない乾ききった二年間を、断ち切ってほしかった。

「きっかけは――そう、まず、京極夏彦先生のお話でした」と霧子さんは語り始めた。

「推協に行ったときの、ですか？」意外な名前がいきなり出てきて僕は少々面食らう。

「はい。宮内先生が、京極先生に執筆のことでなにか相談しようとしていた、という」

霧子さんはバッグから何冊かの本を取り出した――『鉄鼠(てっそ)の檻(おり)』や『邪魅(じゃみ)の雫(しずく)』だ。

「京極先生は、ＤＴＰソフトを使ってご自分で組版までされる方です。それでわたしは最初、宮内先生も京極先生にならって組版までされて、自費出版でもされるつもりだったのかと思ったのです。Ｋ社の東堂さんにも、製本した状態での校正が可能かどうか相談していましたね。自費出版ならそのようなわがままも容易に通ります。けれど、調べを進めていただくと、どうもそうではないらしいと」

霧子さんは本をテーブルに並べる。見ると、ノベルス版と文庫版が両方揃っている。

「粕壁先生によれば、正確には、宮内先生は京極先生の担当編集にこう訊かれたそうですね。文庫化するときに文章を流し込んだら自動修正してくれる機能があるのか、と」

僕は青山に行った日の記憶を探る。

たしかに、そういう質問だった。そして、そんな便利な機能などなくすべて手作業だと知って残念がっていた――と。

「先生が最初から文庫化の話に限定していたところにわたしは違和感があったんです」

霧子さんの指先が、判型のちがう二冊の本のカバーを伝って滑る。

「文庫書き下ろしで出すつもりだったんじゃ――」

「いえ。この話のポイントは『文庫』ではなく『文庫化』――そして京極先生である、というところでした」

僕は首を傾げる。意味がわからなかった。その二つがどうちがうというのだろうか。

「京極先生は、文章の読みやすさを可能な限り高めるため書法を徹底される方です。それはご存じでしたか」

「ええと。長くて内容も文体も濃いのに読んでて全然疲れないな、とは思いますけど」

「そういえば燈真さんは電書オンリーでしたっけ」

分厚いノベルスが僕の目の前にどん、と置かれる。圧力を感じる。

電子書籍だと表示が媒体に依存してしまうので作者の配慮がわかりづらく、紙の本で見なければ、と霧子さんは言う。

「例えば今日お持ちした著作、一文がページのめくりをまたぐ事は絶対にありません」

「絶対に――ですか？　ほんとに？」

「はい。見開きの最後の行には必ず文の終わりがきています。確かめてみてください」

霧子さんに促されて、僕はノベルス版の『鉄鼠の檻』をあちこち開いて読んでみた。彼女の言う通りだった。どの見開きを見ても最終行は文がしっかりと締めくくられ、次の見開き一行目は必ず新しい文章が始まっていた。

「これは一例で、読者の目からはすぐに気づけないようなもっと多くの配慮が施されていると思います。行末行頭の禁則処理や一字ぶら下がりの削減など、読みやすさのための厳しいルールを課しているのです。が、京極先生が恐ろしいのはさらにその先です」

霧子さんは文庫版の方の『鉄鼠の檻』を手に取って、ノベルスの横に並べてみせた。

「収録媒体が変わるとページあたりの行数も文字数も変わってしまいます。ノベルスのために最適化したレイアウトは、そのまま文庫本に移すと崩れてしまうんです。そこで京極先生はどうするかというと、文庫収録に際して全ページ全行を整形し直すんです」

「全部——ですか」信じられなかった僕は文庫版の方と読み比べてみた。たしかに、こちらも一文が見開きを一度たりともまたいでいない。

目がちくちく痛んできたので、僕は本を置いた。霧子さんは息を継いで先を続けた。

「実は、文庫化にあわせて大幅に手直しをされる作家先生というのは他にも少なからずいらっしゃいます。推敲にとどまらず、台詞や話の流れまで変えてしまう方もいます」

文庫版というよりもはや改訂版か。

「でも、こと文章レイアウトに関してはやはり京極先生が有名です。だから宮内先生も教えを請おうとしたのでしょう」

なにか楽にやる方法はないのか、使っているソフトは自動修正してくれるのか、と。

「じゃあ宮内もこのルールで小説を書こうとしてたってことですか」

霧子さんは、哀しげな表情になって首を振った。

「それなら、すべて手作業だったと知って絶望する理由になりません。その通り手作業でやればいいんです」

宮内彰吾は書き上げられなかった。弱音を吐き散らし、白紙だけ遺して死んだのだ。

「宮内先生が課したルールは、もっとずっと厳しいものでした。執筆法を根本から変える必要があるほどの」

ここまでの話に出てきた書法も、僕には血を吐く程の厳しさに思えた。それ以上に？

どんなルールなのか。いや、そもそもそれは——

「そんな厳しくして意味あるんですか？　書けなきゃ本末転倒じゃ」

「普通の小説なら意味はないでしょう。でも『世界でいちばん透きとおった物語』は、ほんとうに特別な小説なんです」

その言葉は、彼女の口から何度も語られてきた。苛立ちでこめかみがじりじり痛む。

「なにがどう……特別なんですか？」

「宮内先生は、世界中でたった一人のために、あの小説を書き上げようとしたんです」

たった一人。僕は霧子さんの色の薄い唇をじっと見つめた。世界中で、たった一人。

母——だろうか。だとすれば、なにかを赦せる気がする。天井のない部屋にうずくまっているばかりだった僕の二年間が、やっと終わる。

「先生が殺そうとした、というその人です」と霧子さんは吐息と同じくらい静かに告げた。僕はしばらくなにも訊かずに考え込んだ。宮内彰吾がむかし人を殺しかけた、という話は様々な人の口から聞かされた。それがだれなのか、知っている者はいなかった。

「霧子さんはそいつがだれなのか知ってるんですか？　どうやってわかったんですか」

「答えはほとんどあからさまに示されていたんです。七尾坂先生が宮内先生について燈真さんに話してくださったことを憶えていますか。人を殺しかけたという話です。宮内先生は七尾坂先生に、具体的な殺し方まで語っておられました。曰く『腹にえものを突き入れて、手足も胴体もばらばらにして、臓器ごと引きずり出』す、と。わたしはこれを聞いたとき、ふと思ったんです。順番が変だなと」

「順番というのは、その——危害を与える順番、ってことですか」と僕は怖々訊ねた。

「はい。腹にえものを突き入れた後、そのまま臓器ごと引きずり出せばいいのに、手足と胴体をばらばらにする、という工程が挟まっていることに違和感をおぼえたんです」

なんでそんな細部を気にするんだ？

「もちろん深い意味はないのかもしれません。七尾坂先生も一言一句正確には憶えてらっしゃらないかもしれませんが」

酒の席での話だろうし、人間いつでもそんな理路整然と喋るわけじゃないだろうし。

けれど霧子さんは、いつもと変わらない理知的な目つきで続ける。

「全てそのまま解釈すると、答えが見えるんです」

そのまま。腹に兇器を突き入れた後、手足と胴体をそこでばらばらにし、それから臓器ごと引きずり出す。

僕ははっとした。手足と胴体とを腹の中で切断した後に、胎盤と一緒に摘出する——

「はい。これは堕胎の手順です。妊娠後期まで育った胎児に対しての人工中絶手術そのままの描写なんです」

二十年前だ。中絶に関して技術も認識も未熟だった頃。宮内にとっては殺人だった。宮内が堕胎させようとし――結局産ませた子供。

「つまり先生が殺そうとしたというのは、他でもない燈真さんです」

霧子さんの声がうつろに響く。殺しかけて――やめた。かみさんに泣いて頼まれたからだ、と東堂さんは言っていた。

あれは妻ではなく僕の母のことか。迷惑はかけない、金も要らない、産ませてくれ。母は宮内彰吾にそう泣いて頼んだ。

「だからあの小説は、他のだれでもなく燈真さんのために書かれるはずだったんです」

「待ってください。なんで僕なんですか？　母のため――ならまだわかりますけれど」

宮内が言っていた殺人未遂は、僕の母に迫った堕胎のことだった。そこまではまだいい。その先は根拠もない霧子さんの想像じゃないか。

「僕は宮内彰吾には逢ったこともないんです。向こうも顔も知らなかったんじゃないですか。妊娠させてそれっきり、養育費も払ってないんです。人生最後の小説を僕なんかのために書く理由がない。母のためなら、男女関係にあったわけだし、まだしも――」

母のためであってほしかった。そうでなければ、あの人があまりにもかわいそうだ。

けれど、霧子さんは哀しそうな目で僕をじっと見つめ、首を振り、また口を開いた。

「わたしが確信に至ったのは、燈真さんご自身のお話を何度も伺い、これまでに集めてくださった情報とあわせて吟味したからです。すべての証拠が燈真さんを指し示していました。恵美さんのこと、宮内先生の遺されたもの、たくさんの方のお話、中でも最も重要な鍵は、燈真さんの——眼の状態にありました」

虚を衝かれた。僕の眼？　なぜこんなところで僕の病状なんてものが出てくるんだ？

「燈真さんの眼は、とても変わった状態にあるものと思われます。けれど生活にあまり支障がないせいで、詳しい検査などはこれまでしてこなかったのではないでしょうか」

霧子さんは顔を寄せてきて訊ねる。

「……はい。まあ、そうですね。紙の本が読めないといっても全然だめなわけじゃないですし、他は別に問題がないし」

「まず、紙の本は目がちかちかするが電書は平気、という点だけでも変わっています」

逆の人はけっこういるのですけれど——と霧子さんは付け加える。

「そうかもしれませんけど。でも実際そうなので」

「さらに奇妙なのは、ゲラ刷りであれば読めるという点です。お母様の校正校閲を手伝っていたのですよね」

言われてみれば変かもしれない。これまでまったく気にしたことがなかったけれど。

「学校でも、教科書は読むのがつらいけれどテスト用紙は問題なく読めていたので、最低限卒業はできたと」

「はい。でもそれがなんの関係があるんですか」僕はまた苛立ちをおぼえ始めていた。

「それから、あの——『魔法使いタタ』の件です」

思ってもみなかった書名が霧子さんの口から出てきて、僕は驚く。

『魔法使いタタ』は、いつだったか霧子さんと雑談していたときに話に出てきた児童向けのファンタジー・ミステリだ。

「入院中に大半を読み、退院後に『読者への挑戦』を読んだ——と言ってましたよね」

「はい。あの、でもそれがどういう」

「そして挑戦状のページに真犯人が書いてあって、がっかりした、とのことでしたが」

「え、ええ。でもあれは勘違いだったわけでしょう。あの後確認したじゃないですか」

「いえ、そうではありません。前にお見せしたのは電書だったので、問題点に気づけなかったんです。今日は紙の本を持ってきてあります」

『魔法使いタタ』の単行本が僕の前に置かれた。見憶えのある、小さめの判型。光沢のあるカバーに描かれた鋭い目つきの美少年。入院中に味わった絶望を思い出す。このまま視力が戻らず一生を薄闇の中で過ごさなければならないのかと思い込んだのだった。

光が戻り、母は涙して喜んだ。恢復した僕が最初に手に取った本がこの『タタ』だ。

「では『読者への挑戦』のページを見てください」と霧子さんは言って、附箋が貼ってあるページを開いて差し出してくる。見開き中央に、枠で囲まれた太字のメッセージ。

『手がかりはすべてここまでのお話で出てきている。タタはもう犯人がわかってしまったようだ。きみにはわかったかな？　予想してみよう！』——そして霧子さんは見開きの左の方の広い余白を指さし、僕の顔を見て言った。

「ここです。10歳の時の燈真さんは、ここを読んで真犯人がわかってしまったんです」

「ここ、って、いや、だってなにも書いていない——」僕は言葉の途中で口をつぐむ。

たしかにそのページの霧子さんが指した部分には、なにも書いていない。空白だけだ。けれど——文字が、透けて見える。

タタの台詞だ。犯人はあなたですね、市長さん。ぼくにはすべておみとおしですよ。さばきを受ける時がきたんです。

めくった次の次のページの文章だ。紙の本だから——すぐ下のものが透けてしまう。

当たり前のことだ。でも意識してしまった今、ぎらついて見える。

顔を上げ、霧子さんの顔をじっと見つめ返した。

「書籍の紙はそこまで薄くはないので、透けて見える文字もぼやけて、目を凝らさなければ判読できません」

普通の人であれば——と霧子さんはため息に近い声で言い添え、一度言葉を切った。

「燈真さんの眼は特別なんです。おそらく視覚がコントラストに対して過剰なまでに鋭敏なのだと思います」

　僕は震える指先を自分の下まぶたに近づける。コントラスト過敏。手術後から……？

「断言はできませんが、脳手術の後遺症でしょう」

　手を耳の横に伝わせ、うなじに触れさせる。消えかけた切開の痕。

「なまじ見えるから、脳が無意識に読もうとしてしまう。それで燈真さんは、紙の本に激しい疲労感をおぼえるのです」

　開いたページを細目で眺める。たしかに、見える。意識するといっそう簡単だった。

　空白部分が、僕にとっては水面だ。

「……はい。見えます。裏ページに文字がある部分は鏡文字になって、読みづらくて」

「推協事務所で、封筒の中の会員証を一目で見抜きましたよね。あれで確信しました」

　そう、僕は子供の頃から、不思議と目がよかった。校正を手伝っているとき、母にもよく褒められた。こんな形ですべてつながるなんて。

「ゲラ刷りならば問題ないことも、これで説明がつきます。紙が重なっていなければいいわけです。ゲラをチェックするときには束から一枚一枚とって読まれていたのでしょう。テスト問題も同様ですね。書籍という形態だけが眼への負担を引き起こすんです」

　僕は呆然としてうなずいた。壊死して朽ちかけた皮膚を剝がされていく気分だった。

「そして『春琴抄』だけは紙の本で読めたと言っていましたよね。あれは、短いからではないのです。改行がまったくなく、ページのほぼすべてが文字で埋め尽くされているからです。印字されている部分の下のものは、たとえ目に入っても意識が向かないのでしょう。それよりももっと強いコントラストが表面にあるからです。空白部分から透けて見える文字にだけ、過剰反応してしまうわけです」

僕は寒気さえおぼえた。この人はほんとうに、鋭いとか聡いとかを通り越している。

いつぞやの霧子さんの「ずいぶん燈真さんに近づけた気がします」という言葉は、こういう意味だったのだ。断片的な情報を、真実への長い道に一つ一つ敷いていたのだ。

気が遠くなってくる。僕は呟いた。

「言われてみれば思い当たることばかりです。たぶん霧子さんの言う通りなんでしょうけど、でもそれがどういう——」

「ですから宮内先生は、自分の作品をどうしても燈真さんに読んでほしかったんです」

霧子さんは児童書のカバーに手を置いて、優しい声で僕に言った。

その目が、書名と同じ作者名の上に落とされる。

「そのために書いた『タタ』を燈真さんが読んでくれなくなった、と聞いて、さぞかし落胆されたでしょう」

「待ってください。そのために書いた？　これは児童書ですよね、宮内とは無関係の」

「気づいていなかったのですか？」と霧子さんはわずかに目を見張り、児童書の表紙と僕の顔とを見比べた。

「魔法使いタタ、は宮内先生です。ご本名のアナグラムです。下の名前を音読みして」

言葉を失う。……松方朋泰（まつかたほうたい）。まほうつかいたた。

僕の眼はただ無駄に鋭敏なだけで——目の前の真実は何ひとつ……

「息子のために書いたと当時仰っていたそうです。その頃朋晃さんは大学生、児童書というお年ではありませんでした」

僕のために？　嘘だ。そんなわけがない。母も僕もずっと無視してきたじゃないか。

霧子さんの声がおぼろに聞こえる。

「燈真さんのための一冊を書きたい——。それがずっと心残りだったのだと思います」

僕の眼のことも、電子書籍なら読めるということも、宮内は知っていたのだろうか。

電書はどうしても贈り物に向かない。贈り主を伏せたいならなおさらだ。だから僕でも読める紙の本を書こうとした、ということなのか。

「やり方は二つありました。一つ目は『春琴抄』と同じようにページを文字で埋めて空白をなくす。でもこれは谷崎潤一郎のような文体ゆえに許される方法ですし、なにより燈真さんが『春琴抄』の文章を詰め込みすぎで読みづらかったと言ったのですよね」

たしかにそう言った。僕は母に対して言ったのだ。宮内彰吾に——母が、伝えた……

「燈真さんに読んでもらえなければ本末転倒です。だから宮内先生が選んだのは二つ目のやり方でした。空白部分の裏、そして次のページ、ここに文字がなければいいわけですから、すべての見開きの文章レイアウトをまったく同じ左右対称形にするんです。重ねられたページのどの箇所でも、文字の裏には必ず文字が、空白の裏には必ず空白があるようにする。そうすれば透けて見えなくなります」

僕は無意識に息を止めていた。イメージが軋みながら僕を押し包み、浸蝕していく。数百ページにわたって文字は煉瓦のように隙間なく積み上げられて壁を成し、その合間にある澄み渡った空白はどこまでも、どこまでも、本の終わりに至るまでずっと――

『世界でいちばん透きとおった物語』。

世界でただひとり、僕のためだけに書かれるはずだった、けれどついに書かれないまま棺の中にしまい込まれた物語。

僕は卓に目を落とす。児童書の光沢のあるカバーが、天井灯を淡く照り返している。

「……どうして。僕のために？　だって、あの人は母も僕も棄てて」

「それは燈真さんがそう思っていただけでしょう」

言われて頭がかあっと熱くなる。あなたになにがわかるんだ、と言いそうになる。でも霧子さんは続けた。

「先生はずっと燈真さんのことを気にかけていたはずです。たとえ直接逢えなくても」

脳手術の費用を出したのも宮内先生です——と霧子さんが言った時には、僕は割れそうな声をあげていた。

「なんでそんな——勝手な憶測を言わないでください！　なんの証拠があってそんな」

「朋晃さんに、通帳を見せてもらったのですよね」

冷然と言われ、思い出した。一千万円の払い込みから始まる口座。

「一千万円の振込先は『イ）トウキョウ……』だったと、燈真さんは言っていました。法人略号の（イ）は医療法人です」

僕の手が卓から滑り落ちて絨毯に沈む。宮内が医療法人に、一千万円を払っていた。

一千万円？　手術費で、そこまで？

「燈真さんが受けた光線力学的療法による脳手術は、当時、保険適用外だったんです」

痛ましげに目を伏せて霧子さんは言う。僕は無意識にまたうなじの傷痕をなぞった。

「恵美さんにはどうしようもない金額です。宮内先生を頼るしかなかったのでしょう」

《もう関わらない》と決めたものを——破ってでも。

「その頃の先生は不動産投資に失敗してほとんど資産がなかったそうですね。おそらく換金できそうな唯一の不動産である目黒のご自宅を売るために、離婚なさったのでしょう。すぐにでも現金を手にするために、分与額をごまかしてあの口座に移したんです」

「……でも、じゃあ、なんで母は宮内のあの口座にちょくちょく入金してたんですか」

「先生にだけ払わせるわけにはいかない、という思いだったのでしょう。少しずつでも返していくつもりだったのだと思います。先生の方も、恵美さんにそんな経済的余裕がないのはわかっていたはずですし、気持ちだけでもかまわない、払いたければ拒みはしない、くらいのおつもりだったのでしょう。だからその口座も医療費の支払い後は一切手をつけていなかったし記帳すらもしていなかった」

母が亡くなって入金が途絶えても、気づきもしなかった。母の死を知らずに父は――頭の中がざわついていて、霧子さんの声はひどく遠く聞こえた。ぼろぼろと崩れて剝がれ落ちていくものと内側から芽吹いて伸びていこうとするものがこすれあって、痛んだ。

僕を包む世界が軋んですすり泣く。

僕の傷はあの男から搾り取った血で埋められ、あの男から削いだ肉で縫い接がれていたのだ。母もそれを知っていた。

知っていて、あの男が書いた本を僕に与えて、素知らぬ顔で読み聞かせていたのだ。

「先生としては自分が全額払うのが当然の事でした。父親ですから」

泡の膜の外から響いてくる、暖かくぼやけた声。

「元気になったらまた自分の本を読んでほしかった。眼の症状のせいでそれはかなわなくなりましたけれど」

そうだ。僕は『魔法使いタタ』が好きだった。手術前までは夢中で読んでいたのだ。

そんな僕の様子を、父は母から聞かされただろうか。僕が光を見失うまでの束の間、父は喜んだだろうか。

「余命宣告で、思い立った。燈真さんのためにまた書きたいと。そうして考えついた」

『世界でいちばん透きとおった物語』という幻を。

霧子さんはひとつ息を継ぎ、折りたたんだ一枚の紙を取り出した。

宮内彰吾が用意していた、あの大判の奇妙な原稿用紙だ。ところどころの太い線が、今は仄かに浮き上がって見える。

「とても難しい作品になるのはわかりきっています。様々なやり方を試したでしょう」

指先が枡目と枡目の境界をたどる。

「まず先生は、普通に長編を書きました。それをもとにレイアウトに収めようとした」

それが、あの６２２枚の《素材》――琴美さんが読んだ、普通に面白いだけの小説。

書法が厳格すぎて、後から思いついた必要な展開や描写を加筆する、という事ができない。だから話をまず最後までしっかり書き上げた。

「この自作の原稿用紙は39字×34行、ちょうど版面の見開きと同じです。ところどころの太線は見開き全体で左右対称になるように入れてあります。この区切り線の枡で文章が必ず終わって改行するように書けば、物語は一冊を通して『透きとお』るわけです」

けれど――と痛ましそうな声で霧子さんはつぶやき、原稿用紙を膝の上に落とした。

「このレイアウトを守りながら小説としても筋の通った文章にするためには気の遠くなるような推敲が必要になります。手書きで書き切るのは無理だと判断したのでしょう、慣れないワープロソフトに手を出したり、京極先生にレイアウト自動調整のやり方があるのか訊こうとしたり。癌が進行して、抗癌剤でお体もつらかったはずです。そうしているうちに、先生に残された時間は尽きてしまった」

握り続けていたペンを、最後には置いた。優しいまどろみの国で、ただ春を待った。そうして桜が咲く前に、題名だけを遺して、あの人は灰になった。母と同じように。虚無感が押し寄せてきて肌をざわめかせ、花びらが渦を巻き、吹き散らされていった。

こんなの——知らなくてよかった。

女癖の悪い屑がむかし母を棄て、知らない場所で知らない小説を書き散らし、勝手に病んでぼろぼろになって死んだ。

それでよかったのに。それだけの物語なら、嗤(わら)って本を閉じられたのに。どうして。

「……全部霧子さんの想像ですよね。証拠は——ないわけですよね」

ようやくそれだけ言えた。顔は見られなかった。

「はい。もう亡くなった方の心中ですから。おこがましかったかもしれません」と霧子さんは平然と答えた。

「ほんとうだったとしても何の意味もないじゃないですか。もう死んじゃったんだし」

僕は怒っていた。肋骨の裏側が熱くなった。八つ当たりなのはわかっていたけど、吐き出すしかなかった。

「いいえ。意味はあります。題名とアイデアが残っていますから」と霧子さんは言った。

「それだけで何になるんですか」僕は吐き捨てる。

「燈真さんが書けばいいんです。燈真さんのための物語、ですから」

僕は霧子さんの顔を見つめ返した。どういう意図の冗談なのか確かめたかった。でもなんの表情も読み取れなかった。

川の流れていく先を海の入り口までずっとたどっているような目で、僕を見ている。

「書けるわけないです。素人ですよ」

「書けますよ。わたしにはわかります。燈真さんは、言葉で心臓を刺せる人ですから」

いつかと同じことを霧子さんは言う。なんなんだ、と僕はいらだたしさを募らせる。

「だいたいアイデアって、苦しいだけの書法ルールでしょう。馬鹿みたいだ」言ってはいけないと薄々感じていたのに、口に出してしまう。

「僕に読ませるため？　普通に自分の著作を持ってくればよかったんですよ。厚い紙に印刷するとかデータでよこすとかいくらでもやり方はあったでしょう。そんなにこそそしたかったんですか？　それで苦しんで、結局書き上げられなくて、ただの馬鹿だ」

僕はほんとうに怒っていた。父は、僕に合わせる顔などないと思っていたのだろう。

それはよくわかっていた。でも腹が立った。息子のためになにかしてやりたいなら、まず父親だとはっきり認めて逢いにきて直接話をするべきだったろう。僕に詰られたり責められたり軽蔑されたりするのがそんなに怖かったのか。馬鹿じゃないのか。するわけがないだろう。知らない人なんだから。僕には父親なんていなかったんだから。生まれたときからずっと、母と二人きりだったのだから。

僕が、あんたをどう思うかを――勝手に決めつけて、遠回りして、あげくに死んだ。あんたはそれなりに満足だったかもしれない。精一杯もがいて、届かなかったけれどやりきった、みたいな顔で桜の蕾を見上げていたのかもしれない。僕は宙ぶらりんだ。ひとりきりで、どこにも行けない。

「……たしかに、燈真さんの仰る通りです。燈真さんに読んでもらうため、というだけなら、ばかばかしい迂遠さです」

霧子さんが、熱のない声でそうつぶやいた。糾弾するでもなく、嘲笑するでもなく。

「でも、宮内先生は小説家でした。なにより、ミステリ作家でした」

指先から本の縁、ジャケットの襟を視線で辿る。

「書こうとした本当の動機は、ただ、面白そうだから。読者を驚かせる仕掛けを、思いついてしまったから」

物語の最後に向かって『透きとおっ』ていく、その絶望的なまでに美しいイメージ。

「書かずにはいられなかった。そういう意味では、燈真さんのための物語ですらなかったのかもしれません」

勝手な男だったのだ。これまでに話を聞いてきた人々全員の見解は、一致していた。勝手で、わがままで、純粋な——小説家だった。

読み手の心を躍らせるミステリを書くことしか考えていなかった。

命が燃え尽きようとしている最期の日々、冬の陽だまりのベンチで、あの男に寄り添っていたまぼろしは、たぶん——

家族のだれでもない。僕の母でもない。もちろん僕でもない。編集者と同業者と——感激してサインを求める読者たち。

「書かずにいられなかった、という気持ちも、残っていますよね。わたしたちの中に」

霧子さんはそう囁き、卓に広げた本たちをしまった。一冊の児童書だけが残される。

「……書く、っていったって。レイアウトのルールだけしかないじゃないですか。話の内容には一切関係ない。なにを書けばいいんですか」

「これまでのことをそのまま書けばいいのではないでしょうか」と霧子さんは言った。

僕は顔を上げて彼女の視線を受け止めた。それまで見てきた中でいちばんやさしくて、けれど、はるか遠くの水面上から僕が溺れているのを見守っているような表情だった。

「これまで、たくさんの場所を訪れて、たくさんの方々に語ってもらったのですよね」

これまでのこと。母が死に、意味のわからない未完成作品の題名だけを遺して父も死に、それに僕が振り回されて色んな人を訪ね、死人の声のかけらを拾い集め、つぎはぎし、最後には霧子さんの指し示すむなしい答えにたどりついた。そんな物語。どこにもつながらない、花さえも咲かない景色の中で、気化して透きとおっていくだけの物語。

「だれが読みたがるんですか、そんなつまんない話」

僕はかさかさの声で呟いた。もう、怒りは乾ききって砕けて塵になろうとしていた。

「燈真さんは読みたいと思わないんですか。お父様が燈真さんのために書こうとしていた物語ですよ。あの宮内彰吾先生が命をかけてまで書こうとしたアイデアなんですよ」

僕は唇を噛みしめて、首を振った。

そんなもの、ほしくはなかった。僕がほしかったのはもっと当たり前のものだ。退屈で平坦で、同じ繰り返しの日常。

あんたがいなくたって、僕は母と二人で、ずっと平気でやってこられたんだ、と――そう思っていたかったのに。無視して暮らしていきたかったのに。

もうそれもできない。全て知ってしまったから。

霧子さんは立ち上がり、コートに袖を通した。部屋を出ようとして、ふと振り向き微笑みを浮かべて言う。

「わたしは読んでみたいです。燈真さんが書くその物語を、……世界中のだれよりも」

彼女が出ていってしまった後も、僕は両膝を抱えて絨毯の上で背を丸め、児童書のカバーを見つめていた。

どれだけ時間がたっただろう。ふと『魔法使いタタ』に手を伸ばし、表紙をめくる。

扉の次のページに、こんな献辞が書かれている。

《おとなになるまえのあなたと——おとなになってからのあなたへ》。

子供だった僕は、楽しい物語が始まる前の余計なページにこんなものが書かれているなんて気にも留めていなかった。

この世界には、子供にしか見えないものも、子供には見えないものもたくさんある。

ページを繰って、第一章を開いた。

《1　少年魔法使い登場》——その先の文章は、読み進められなかった。目が痛んだ。

脳手術の後遺症のせいだ。下のページの文字が透けて、混濁して、ちらつくせいだ。

けっして——胸や喉を焼くほどに熱くしている、なにかのせいじゃない。僕は息を止めて、こみ上げてくるものを身体の底へと押し戻す。

『世界でいちばん透きとおった物語』ではないのだから。そんなものはどこにも存在しないのだから。もう肉も骨も灰になってしまった小説家の、独りよがりで無意味なだけの、妄想に過ぎないのだから。——これから別の、酔狂なだれかが、書かない限りは。

僕は本を閉じ、カバーの上に手のひらを置いて、自分の鼓動にじっと耳を澄ませた。

第13章

書き上がったときには、僕はもう21歳になっていた。振り返りたくもない、じめじめとつらい執筆期間だった。書店のバイトは変わらず週三日だったから使える時間はたっぷりあったはずなのに、執筆は遅々として進まなかった。途中で何度やめてしまおうと思ったかわからない。ベテラン作家だった父すら投げ出してしまった難物なのだ。はじめて小説を書く僕にとっては絶望的に高い山だった。

書き始める前は、疑問だった。父が、なぜ《素材》を狛江の家に置いていったのか。ホスピス施設入院後も、なんとか書こうとする意志はあったのだから、素材になるはずのあの警察小説の原稿は手元に必要だったはずだ。けれど父は持っていかなかった。

書き始めてすぐに理由がわかった。

ラストまで普通に書いた小説を、左右対称のレイアウトに合わせて整形する、というのは、完全に机上の空論なのだ。

一文字の過不足も許されないルールの前では、無制約で書いた文章は邪魔なだけだ。参考にならない。すっぱり全部棄てて一から書き直した方が早い。

それでも、一度書いたものは無駄にはならない。

漠然と記憶に染みついているからだ。制約下で再構築する時には、その曖昧さがちょうど良い指針になる。

きっと父も試行錯誤の中で気がついたのだろう。だから、原稿を置いていったのだ。

一度も逢ったことのない、よくわからない父の考えが、執筆に関してだけ、気味悪いほどよく理解できた。

同時に、侮蔑でも嫌悪でもなく、純粋に心の底から、馬鹿な人だなあ——と思った。

手書きでこれを書き上げようとしていたなんて。

鑿(のみ)一本で海底トンネルを掘るようなものだ。百年かけても無理だ。

僕には、母が遺してくれた高性能ワープロソフトがあった。書く前の下準備がとにかく重要なのも重々わかっていた。

まず、いちばん大切な場面の中のいちばん大切な一ページを決めて、最初に書いた。

この時点で既に制約が必要だった。

『透きとお』らせるためには、そのページの文の形を左右反転させなければいけない。反転させてもちゃんとした文章が書ける形状というのは、実はかなり限られている。全編の雛形となるレイアウトがそこで決定されるのだ。慎重に慎重を期した。途中で行き詰まったら全部棄ててやり直さなきゃいけない。

《原型》ができあがったら、次にそれを画像にする。空白にすべき枡だけを薄い色の四角で埋めてからスクリーンショットを撮って余計な部分を削除するのだ。父が手製の大判原稿用紙でやろうとしていたことと同じだけれど、僕は文明の利器をちゃんと使う。

そうしてできた画像を、ワープロソフトのテキスト背景に設定すれば、準備完了だ。

あとは背景の白い部分をぴったり文字が埋めるようにして、ひたすら、ただひたすら書くだけだった。記すべきは実際に僕が経験したことばかりだから楽だと思っていたけれど、全然そんなことはなかった。むしろ多くを詳細に知りすぎているがゆえに、ほんとうに必要な描写だけを残して削るという作業がとてもつらかった。とくに、自分の感情や思考については、気を抜くと書きすぎてしまう。

自分はいったいなにをやっているんだろう――と途方に暮れることも頻繁にあった。考えてみれば、書き上げたところで一文にもならないのだ。僕は宮内彰吾ではないし宮内彰吾の名前で出版社に持ち込むわけにもいかない。かといって、趣味ですらない。楽しい瞬間なんて一度もなかった。

ただ、書き続けた。一ヶ月かけて見開き一枚しか進まないことだってあったけれど、とにかく砂を掘るように書いた。

小説を書くという事は祈りに似ていた。そして他のどんな営みにも似ていなかった。言葉や想いを届ける相手を選べない。届くかどうかもわからない。

それでもどうしようもなく、書き続けてしまう。

足の爪が割れそうなほど寒い二月末の夜に、僕はようやく書き終えた。父の死から季節が一巡りしていた。

真っ暗な中、かじかんだ手でメーラをクリックすると、霧子さんに原稿を送信した。

受領確認メールは翌朝すぐに届いた。そして驚いたことに、読みました、というメールは一週間後だった。

大手出版社の編集者が素人の小説を一週間で読んでくれるなんて、普通あり得ない。その後も僕は彼女の厚意に甘えっぱなしだった。

秋頃に出版されることがすんなりと決まった。信じられなかった。

すんなり、というのは僕から見てのことなので、実際は霧子さんが血のにじむような思いで奮闘したのかもしれない。

細かい改稿にも根気よくつきあってくれた。自分の未熟さが身に染みてつらかった。

懸念点は、松方朋晃のことだった。

『世界でいちばん透きとおった物語』というタイトルは、宮内彰吾が発案したものだ。著作権管理者である息子が、出版を止めろなどと言わないだろうか、と不安だった。それに、話の内容は僕のオリジナルだけれど、全体を貫く基礎アイデアもやはり宮内彰吾のものなのだ。なにか権利を主張されるのでは。

「タイトルもアイデアも、非常に特殊な場合を除いて、著作物だと見なされることはありません。この小説のケースであれば絶対に大丈夫です。なにかあれば、わたしどもが松方朋晃さんと折衝いたします。燈真さんの作家としての権利は、必ず守りますから」

霧子さんは力強く言ってくれた。この人が担当編集でほんとうによかった、と思う。

松方朋晃からは六月頃にいきなりメールがきた。こっちは無関係だから勝手に出版しろ、と書いていた。僕の方からは接触しないようにしていたので、出版社側から根回ししてくれたのだろう。ただし俺を小説に出すならちゃんとまともな人間に書けよ、と付け加えてあって、そちらのご要望にはお応えできそうになかった。もっとも、どうせ読まないのだろうから、どう書こうとわかりはしない。

推協の粕壁さんも、どこから聞きつけたのか知らないけれど激励の電話をよこした。

『私の目に狂いはありませんでしたねえ。やはり宮内先生の跡を継ぐ方でした。発売楽しみにしております。ゲラ読ませろとS社にねじ込んだんですが深町さんに叱られて』

跡継ぎとか、ほんとやめてほしい。

『ちゃんと書籍の状態で読まなければ絶対に後悔すると。そこまで言われたら期待度も鰻登りです。九月でしたっけ？』

はい、はい、ありがとうございます、よろしくお願いします、と言って電話を切る。

応援してくれるのは嬉しいけれど、温度差がどうにもつらかった。

宮内彰吾の息子、という扱いなのがむずがゆい。

でもしょうがない。粕壁さんにとって現時点の僕は他の価値を持たないのだ。まだ小説家ではないのだし。

本が出ればはっきりする。藤阪燈真と呼んでもらえるか、失望されて無視されるか。

真夜中、母の部屋の机でPCに向かい、ヘッドフォンをかぶって小さな音量で音楽をかけ、改稿を進める。

モニタの光を顔に浴びながらキーを叩いていると、不思議な感慨が胸にわきおこる。

結局こうなるようにやってきたのかな、という。

将来のことなんてなにも考えていなかった。大学にも行ってない。

母が死んでからは、貯金が尽き果てる日を週三日のアルバイトで先延ばしにしながら漫然と過ごすだけの日々だった。

つぶしのきくスキルも一つもない。小説を書く他なかった。そういう巡り合わせだ。

作家になれるかはわからないけど。

「それだけはわたしにもわかりません。一冊読んだだけでは絶対にわからないんです」

何回目かの打ち合わせの時に霧子さんは正直にそう言ってくれた。ありがたかった。

「この原稿は素晴らしい出来ですけれど、処女作で大傑作をものしながら書き続けられなかったという方が、少なからずいらっしゃいます」

『世界でいちばん透きとおった物語』は、ただでさえ僕ひとりの力で書いたわけではないのだ。二作目、三作目を書いているところなんて想像もつかない。今は改稿で忙しいからまだいいけれど、作業がすべて終わったら土砂降りの絶望に打ちのめされそうだ。

「でもわたしは次も早く読みたいです」という霧子さんの言葉が何よりの救いだった。

改稿の合間に、宮内彰吾の小説も少しずつ読むようになった。母の部屋で作業をしているので、棚に並んだ本がどうしても気になってしまうのだ。霧子さんに眼の状態を詳しく明らかにしてもらってから、紙の本も疲れずに読めるようになってきた。間接照明だけにしたり、ページを少し浮かせるようにしたり、なるべくリラックスして裏の文字を意識しないようにしたりと、やり方を憶えたのだ。

作家としての宮内彰吾は、大したものだとは思うけれど、あまり好みではなかった。なんというか、現代日本で殺人事件捜査を扱うなら警察官を主人公にするのがいちばんリアルだから——という理由だけで警察ものを書いているように読めてしまうのだ。

粗探ししているだけかもしれない。

個人的感情を入れ込みすぎていて、まだ素直に読めないだけだろうか。この態度は小説書きとして不誠実な気がする。

しかたない。まだ一年と少ししか経過していないのだ。積み上げた荷物が多すぎる。素直に楽しんでしまったら負け——みたいな気持ちが残っている。

つまらない意地、以外のなにものでもなかった。

作家はみんな照れ屋だとか、宮内彰吾は確実に照れ屋だったとか、色んな人が言っていたのを思い出した。

僕にも当てはまるのだろうか。素直じゃないのは遺伝——とはあまり考えたくない。

発売日が決まってから、父の話を僕に聞かせてくれた人々に連絡を入れた。父を愛してくれた女性たちに。

まずは歌舞伎町のキャバ嬢の藍子さんに電話する。出版決定、と聞くと大喜びした。

『先生の本出せるんだあ、よかった！　楽しみ！』

「いえ、あの、宮内彰吾のではなく……実は僕が書いた本なんです」

二度ほど説明したが、藍子さんは理解してくれなかった。無理もない。電話一本で伝えるには事の経緯が複雑すぎる。

『まあいいや、絶対買うからね。いつ頃出るの？　献本？　くれるの？　ありがと！』

自宅の住所と本名を教えてもらう。

『売れまくったらうちの店にも遊びにきて指名してね。アフターで飲んでもいいけど』

売れてくれればどんなにいいかと思うが、キャバクラはちょっと気が引けてしまう。

七尾坂瑞希さんにも電話で知らせた。彼女は同じ業界人ということもあってだいたいの事情をすでに知っており、説明するのは楽だった。

『刊行決まったんだってね。おめでとう。粕壁さんに聞いたよ。あの人わざわざ電話かけてきて、我が事みたいに嬉しそうに教えてくれた。後継者がどうとかって、どこまで本気で言ってるのかわからないけど、ハードル上げられちゃって燈真くんも大変だね』

「がんばります……。それで、粕壁さんに、協会に入っておいた方がいいと言われて」

推協に入るには、理事（今回は粕壁さん）ともう一人会員の推薦が必要だということなので、他にあてもなく、図々しいとは思いつつも、ついでに瑞希さんに頼んでみた。

『お安いご用。彰吾さんへの恩返しみたいなものだね。協会っていっても会費払う以外は特になにもしてない人の方が多いけど、なんといっても文美国保に入れるからね。普通の国保よりもだいぶ安く済むことになると思うよ』

「ありがとうございます。右も左もわからないので教わりっぱなしになると思います」

『ついでに先輩作家ぶってアドバイスしちゃおうか。彰吾さんみたいな作家には絶対なっちゃだめだよ。後継者っていっても顔と文才以外はなにひとつ受け継がないように』

「だから後継者じゃないんですって」

『燈真くん、すでに話し方とかしぐさがだいぶ彰吾さんに似てきてるからね。女性関係とかには気をつけた方がいいよ』

気持ち悪い事を言わないでほしかった。どこまで本気なのかわかったものじゃない。

続いては郁嶋琴美さん。忙しそうなので、メール報告だけにする。

ところが、週末になって向こうから電話が来た。

『自分で書いたんだ、すごいね。アイデアだけ継いだってどういうこと、あの原稿燃えちゃったんでしょ？』

「それはここでは言えなくて、献本しますから、読んでもらえばわかるかと思います」

『ああそうかネタバレ？　わかった楽しみにしてる。それでタイトルの意味は――ああそっちもネタバレ？』

「すみません。本当に、内容についてはなにも言えなくて。色々教えてもらったのに」

『読む楽しみが増えたからいいよ。気にしないで』

「琴美さんが読みたがっていたような小説じゃないかもしれません」

『私が読みたかった、朋泰さんの小説――じゃないのは当然だよね。しょうがない。あなたは朋泰さんじゃないんだし』

彼女がほんとうに望んでいたものを与えられる人間は、もう、どこにもいないのだ。

でも――と琴美さんは小さく呟く。

『私が読んだあの原稿は、ほんとうの意味で私だけのものになった、ってことだよね』

それは悪くないね、と続ける彼女の声は、微睡(まどろ)みの中みたいに甘く響いて聞こえた。

ホスピス施設の高槻千景さんも、忙しそうなのでメールで報せるに止めた。父の事を小説に書きました、出版されたら贈ります、とだけ。

『図書室に宮内彰吾作品を何冊か入れたのでその隣に並べます』――というメールが返ってきたのは四日後のこと。写真も添付されていた。明るい色あいの木材製の可愛らしい本棚に、殺意がどうとか復讐がどうとかいう剣呑な題名の文庫本が並べられている。

メールの内容がそれだけなのがありがたかった。逞しさと細やかさが同居していた。

きっとあの人なら、父の最期も、毎朝の食事の支度と同じくらいの自然な気配りで看取ってくれたのだろう。1ミリグラムの愛情も憐憫もなく、ただ純粋な職業的誠意だけをもって。それを父がどう感じていたかはもう知るよしもないけれど、僕には悪くない死に方に思えた。どうせ向こう側にはなにひとつ持っていけないのだ。寝床が清潔で、痛みがなるべく少ないこと。それだけで十分なはず。

色んな女性への報告を終えた後、いちばん報せたい人がまだ二人いることに気づく。哀しいことに、一人にはもはや報せる術もないし、もう一人は報せるどころか最初から最後まで全部知っていて、なんなら僕自身よりもはるかに諸々の事情に詳しかった。

もちろん、母と霧子さんのことだ。

母には墓もないし、どのみち僕は魂がどうとかいう考えも持ち合わせていない。話すことも読ませることもできない。

「恵美さんにこれを読ませたらどういう反応をされるのかは——とても気になります」

何稿目かを直した後の打ち合わせで、霧子さんはふとそう呟いた。

「駄目出しして赤と鉛筆だらけにするんじゃ……」

僕が言うと霧子さんは肩を揺らして笑った。それから真顔に戻り「その通りまだまだ直す余地があります」

鬼の担当編集は、またも大量の的確な駄目出しで僕を改稿作業に追い込むのだった。

そんなふうにもどかしい日々を送りながら原稿を少しずつ直し、今こうして、最後の見開きに辿り着いた。

『世界でいちばん透きとおった物語』にまつわる謎は、霧子さんがほぼ解き明かした。でも、まだひとつだけ僕の手の中に残っている。

机の引き出しを引いて、取り出し、くしゃくしゃのそれを広げる。

あの、手製の大判原稿用紙だ。ホスピス施設の中庭の桜に挟み込まれていた、一枚。父が生涯の最後にのこしたもの。

左の方にぽつり、ぽつりと、一対の鉤括弧が五枡の空白を挟んで向かい合っている。

宮内彰吾はこう言っていたという。

『最後のページだけは書けたよ』――遠い春を望む、寒々しく清らかな庭のベンチで。

いったいどういう意味なのだろう。霧子さんは、この謎にだけは手をつけなかった。解けなかったのか。それとも僕に残しておいたのか。後者である気がする。だって結局のところ、これは僕のための物語だったのだから。

『最後のページ』というのがそのまま真実だったとしよう。僕はいま実際に最後のページを書こうとしている。わかる気がする。父として、男としての松方朋泰についてはよくわからないままだったけれど、作家としての宮内彰吾の考えていたことであれば――

もちろん、ただの推測に過ぎない。死んだ人間の心の内だ。だれにも代弁できない。

　だから、ただ預かって、僕自身の言葉として記すことにする。

　どれほど限りなく透きとおって見える海でも、必ず底がある。まっさらな砂が降り積もっている。そこに言葉を埋めておくこともできる。けれど物語は言葉を届けるためにはできていない。祈りと同じで、届ける相手を選べないからだ。ただ密やかに、水底で待ち続けるだけ。

　透きとおっていれば――だれかが見つけてくれる。

　父がどんな言葉を沈めておこうとしたのかは、もうわからない。だからこれは、僕自身の選択だけれど、きっと父も同じ一語を選ぶはずだったと思う。


「　　　　」


　ふれあい、すれちがい、去っていったすべての人たちへ。

　そして、おやすみなさい。

　あなたの眠りの隣に、また次の新しい物語がありますように。

あとがきにかえて

　この物語を刊行するにあたり、多くの方々のご助力をいただいた。特殊な小説形態を寛大にも許容してくださった出版社関係各位、多大な負担を強いる台割り作成に腐心してくださった編集者、そしてとりわけ精神的にも肉体的にも厳しいチェック作業をお願いすることになってしまった校正・校閲の担当各位に、深く深く感謝したい。ほんとうにありがとうございました。

２０２２年　６月　筆者

参考文献

『姑獲鳥の夏』
　京極夏彦（講談社）
『文庫版　姑獲鳥の夏』
　京極夏彦（講談社）
『姑獲鳥の夏　電子百鬼夜行』
　京極夏彦（講談社）
『鉄鼠の檻』
　京極夏彦（講談社）
『文庫版　鉄鼠の檻』
　京極夏彦（講談社）
『京極夏彦氏はここまで「読みやすさ」を追求していた』
　ナギヒコ（JBpress）

僕の生涯で最も激しい驚愕を伴う読書体験を与えてくれた、
A先生に捧げる。
同じ新潮文庫から刊行できたことを喜びたい。

本来なら巻頭に記すべき献辞を巻末に置き、
あまつさえ名を頭文字で伏せるという非礼の理由も、
物語の神秘を愛する読者諸氏であれば理解していただけることと思う。

本書は新潮文庫のために書き下ろされた。

デザイン　川谷康久（川谷デザイン）

世界でいちばん透きとおった物語

新潮文庫　す－31－2

令和五年五月一日発行
令和六年十一月十五日二十三刷

著者　杉井光
発行者　佐藤隆信
発行所　株式会社新潮社
郵便番号　一六二―八七一一
東京都新宿区矢来町七一
電話　編集部(〇三)三二六六―五四四〇
　　　読者係(〇三)三二六六―五一一一
https://www.shinchosha.co.jp

価格はカバーに表示してあります。

乱丁・落丁本は、ご面倒ですが小社読者係宛ご送付ください。送料小社負担にてお取替えいたします。

印刷・錦明印刷株式会社　製本・錦明印刷株式会社

ISBN978-4-10-180262-6　C0193